ダフネー

和田ゆりえ

目次

装丁・扉デザイン　藤原日登美

ダフネー

居間の雨戸を開けると、ジャスミンの繁みが目にとびこんでくる。蜂蜜色の朝の光のなかで輝いているその植物をしばらく見つめるのが、いつのまにか習慣になっている。四年前にこの中古住宅を買ったとき、造園業者に頼んで、隣家との境にアメリカ産の明るい褐色の落葉松《からまつ》材で斜め格子の柵を建ててもらった。それに沿って数株のジャスミンを植えたのが、年ごとに伸びて、今年の春にはこれまでにない勢いで繁茂し、格子いっぱいにからみついた蔓から、つぎつぎに緑のほっそりした葉をひろげて空間を覆いつくしている。蔓は場所がなくなるとたがいにからみあい、螺旋状にいくえにも撚りあわさって葉叢の厚みを増し、木枠からはみ出すと、煉瓦色がかった若草色の先端を、勢いあまってむちのように空に振りかざす。あくまで野放図なその生長ぶりを毎朝きまった時間に眺めていると、昨日との時間の隔たりが一瞬ふっと消えてしまう。このあとすぐに、生野菜のサラダとドライフルーツ入りのシリアルというおきまりの朝食を用意して、潤を起こさねばならないし、会社に送り出してからは、洗濯や花の水やり、季節の模様替えなど、勤めていたときには思いもよらなかったこまごました用事があとからあとから湧いてくる。ひととおり用事が片づくと、テレビでニュースを見ながら、たいていは夕食の残りもので簡単な昼食をすませ、午後は近くのスーパーに買い物に行くくらいで、あとはビデオで映画を観たり、図書館から借りてきた本やガーデニングの雑誌をめくってみたりと、比較的のんびりと時間は過ぎていく。こんなふうに、取り立ててなんということのない毎日を送っているせいなのだろう。それらすべては緑の厚ぼったいスクリーンの背後にすうっと退いていき、自分がこのところずっと、ただこの植物の生長を見守るためだけに存在していたような気がしてくる。

ここ一、二週間で、蔓はいっせいに硬い小さなつぼみをつけはじめた。まず蔓の先が三つに分かれ、それぞれがさらに三つに分かれ、つぎつぎと枝分かれしたいくつもの先端に、細長い鮮紅色のつぼみがぴんと立ち上がる。バナナの房によく似たかたちの花房の先に、また蔓が伸びてはおなじ分散を繰り返し、やがて数珠つなぎになった花房の重みで、蔓はだんだん地面に低く垂れ下がっていく。一方無数のつぼみはそろって上を向いていて、そのひとつひとつは、子供のころ飼っていた雄猫のペニスにそっくりの色とかたちだ。早春のにぎやかな交尾期になると、ソファーの上などでだらりと身体を伸ばして昼寝しているあいだに、ふだんは隠れている鮮紅色の細長い芯が、しっぽの付け根にあるマリモのような小さなやわらかい毛むくじゃらの塊のなかから、ラジオのアンテナを引っぱり出すぐあいにするするっと伸びてくるのを、興味と嫌悪をもって観察したものだった。それは雌の体内に精子を送りこむための管であるという当然の事実をあらためて確認させる、きわめてシンプルで機能的な形態をしていたが、接続されるべきもうひとつの器官はどこにもなくて、ぬめりを帯びた真珠母色の光沢を放ちながら、なにもない空間にむなしくふるえていた。猫はあのときどんな夢を見ていたのだろうか。二十年の歳月を経て、懐かしいペニスはめくるめく蔓の地模様の上で何千にも増殖して、尖った頭を空に突きあげている。

日一日と膨らむにつれて、つぼみの色が動物的な赤黒さからやさしい淡紅色へと変化していくと、花房は何本もの蝋燭を放射状に立てた大燭台のような姿になり、蔓に支えられてうねりながら縦に連なって、有機的なシャンデリアの群れを形成する。そしてある朝突然、蜜蝋で封印されたようにしっかり閉じていたつぼみがところどころでいくつか弾け、小さな花びらがきれいに五つに裂けて後方にそり返り、中央に淡い緑の雌蕊を覗かせる。あとはもう堰を切ったように、蔓を通って伝わってくる内的な圧力に耐えかねてつぎからつぎへと爆ぜていく。ゆるやかな時間のなかを音のない花火は炸裂しつづけ、数日のうちに、渦巻く蔓と葉の厚ぼったいタピスリーの上に、純白に輝く立体刺繍がかがり取られる。

そして圧倒的な、むかつくほどの香りがあたりを埋めつくす。隣家の小学生の男の子のところに遊びにくる子供たちは、繁みの反対側にマウンテンバイクを停めながら、「おまえんち、くっせえなあ、便所みたいな臭いだよな、なんとかなんねえのかよ、この臭い」と憎まれ口をきくのだった。おそらく彼らの家はトイレにジャスミンの芳香剤を置いているのであり、幼い彼らには本物と贋物の区別がつかないのだ。たしかに吸いこむと肺胞のすみずみまでをねっとりと濃厚な甘さで満たし、呼吸を困難にしてしまわんばかりのこの匂いは、ある種の排泄物や、有機物の腐臭に似ていなくもない。

子供のときテレビの番組で、金色に輝く肌をした男女ひと組のダンサーを見た。彼らは髪の毛まで金粉で塗り固め、やはり金色の鎖帷子の切れはしのようなもので恥ずかしい部分だけを覆った裸だったけれど、ほかの衣服をつけた人たちよりもはるかに強く立派に見えた。金色にうねる筋肉の動きを誇示しながらいろんなポーズをしてみせ、ボールを使って簡単な曲芸をしたり、太いリボンでたがいのからだを結わえて抱きあったりした。男の人は無表情だったが、女の人のほうは終始唇のはしをもちあげてにっこりほほえんでいて、覗いた歯だけが白かった。最後は男の人が女の人を高々ともちあげ、女の人はいっそう大きく口をひらいて笑ったので、白い歯のあいだの暗がりに肉色の舌が見えた。息をのんで見つめているわたしに、そばにいた父が、この人たちはいますぐからだを洗いに行くんだよ、このまま放っといたら皮膚呼吸ができなくなって死んでしまうからね、と教えてくれた。動く影像のように美しいふたりが金の肌を掻きむしって苦しみながら死んでいく空想の場面はひどく刺激的で、想像するまいと思ってもしぜんに浮かんできて、しばらくのあいだわたしにとりついた。ぴっちりと閉じて見える皮膚が、じつは無数の穴で外とつながっていると知ったのは、あのときがはじめてだったように思う。ジャスミンの匂いを嗅ぐと、あの金の肌を思い出す。ジャスミンの匂いも、喉や鼻の粘膜だけでなく、皮膚全体にじっとりとからみつき、毛穴にこまかくはいりこんで目を詰まらせる。でも、ほのかな苦味を感じさせるほど過剰な甘さにひとたび揉みほぐされた肌がつぎつぎに毛穴をひらき、細胞のすみずみにまで匂いを浸透させてしまったならば、からだは逆にふっと軽くなり、むしろ自由に、なにもかも稀薄に感じられるほど自由になる。ちょうど夢のなかで、水に溺れてしまったはずなのに、いつのまにかきらめく魚たちのあいだを縫って、地上よりもさらに軽やかに歩いている自分に驚くときのように。

十時過ぎに帰ってきた潤が、「うちのそばまで来ると匂いでわかるよ」と言う。「田中さんの角を曲がるへんからむわっと雲みたいになってる。うえっ、こんなかにはいっていくのか、って感じ」

「そんなにいやな匂い？」

「元気なときはいいんだけど、なんか疲れがどっとくるんだよな。ここをくぐり抜けたらゴールだと思って、えいっととびこむ」

「ふうん、蝶や蜂はこの匂いにむらむらしちゃうみたいだけど」

「おれには刺激が強すぎるよ。昆虫で言うとセミの脱け殻ってとこだから」

「はいはい、どうせしばらくのしんぼうでしょ、花の命は短いんだから。ねえ、お魚焼いとくあいだに、お風呂はいって」と言いながら、潤が大儀そうにからだを斜めによじって脱いだ背広を受け取ってやる。麻混のダークグレーの上着は、彼の汗や体臭、煙草の煙、お昼の定食のフライのすこし古くなった油の臭いなど、さまざまの成分を吸って今朝よりもいくぶん湿って重くなり、角も崩れかけているものの、まだカブトムシやカミキリムシの翅みたいなこわばりとかたちを保っている。それを剝かれてしまうと、潤のからだはふいにやわらかく、弱々しいものに見える。彼はつぎにネクタイの結び目に指をこじ入れてゆるめはじめるが、布地が擦りへっているのか、指の動きが緩慢だからなのか、昔聞いた、シュッと蛇がすばやく動くときのような鋭い衣擦れの音を立てることはもうない。いつも、その衣擦れのあと息を凝らして待っていると、しばらくしてカチャリとベルトのバックルをはずす乾いた金属音が聞こえ、それを合図にからだの芯が溶けたようになって、気がつくと彼の裸の両腕のなかにいた、とふと思い出す。

あのときの、内側から波頭がこまかく崩れていくような感覚を、彼とふたたび味わうことはないのだろう。いまとなっては、潤が背広を脱ぐのは疲れ果てて風呂にはいるときだけだ。たまにセックスするときも、生地に腰のなくなったパジャマの上衣を、なんの抵抗もなく、熟れすぎた桃の皮がひとりでに剝けるみたいにつるりと脱いでまるめ、ズボンとトランクスのどちらもすこし伸びかけたゴムを一緒にずり落とす。

着替えを簞笥の引出しから出してやりながら、浴室のドアを開けようとしている潤に声をかける。

「夜でも白く見えた?」

「ん、なにが?」

「ジャスミンの花」

「うん、そういえばぼんやり。なんで?」聞き返しながら彼はドアを閉め、返事を待たずにシャワー音のなかに閉じこもる。

スズキの切り身をオーヴンに入れ、春菊とラディッシュのサラダを冷蔵庫から出してテーブルに置くと、玄関を開けて外に出た。昼間は純白だった花房は、外灯の光を浴びて黄味がかった乳色にぼんやり光り、葉や蔓の部分は青い闇に沈んでいる。光の濃淡が複雑な凹凸をなしていくえにも重なり、鍾乳石の柱のように凝固しつつなだれ落ちている一方で、こうした鉱物的な印象を裏切るなまなましい匂いが、昼間よりいっそう濃く息づいている。

「ほんと、すごいね、この香り。ジャスミンってさあ、ほんとにジャスミンの匂いがするんだ」

「そりゃそうよ。これが本物。……もうそろそろいいかな」と、ティーポットから真美のカップにアールグレイを注ぎ入れる。

「ここじゃ、なにを飲んでもジャスミンティーになっちゃうね」

ジャスミンの塀と家のあいだの五坪ほどの地面には、以前は殺風景にコンクリートが敷きつめてあったのだが、一年半前、会社をやめたのを機に庭を作ろうと思い立ち、業者にコンクリートを剝いでもらった。一角は枕木で囲って花壇にし、地面には、園芸店やアンティークの店で買い集めてきた古煉瓦をモザイク状にあちこち埋めこんで、残りの部分には芝を張った。そこに深緑色に塗ったアルミ製のガーデンチェアを二脚と、灰色の模造大理石の丸テーブルを置いて、たまに友人が訪ねてくると、午後のお茶を楽しむことにしている。

「いま思い出したんだけどさ、学生のとき読んだラテンアメリカの小説に、ジャスミンは〈化けて出る花〉だって書いてあった」真美が言う。

「花が化けて出るって、どういうこと？」

「何年も前に枯れたはずのジャスミンの花が、夜になると匂ってくるんだったかな、たしか」

「そう、そういえば生きものみたいなの、この匂い。闇のなかだと、ほかのものが見えないぶん、匂いにかたちがあるみたいで」

「なんか浮き世離れしてるね、この匂いといい、白さといい。もっと暑いところにしか生えない植物だと思ってた」真美はガーデンチェアの上で思い切り両手を上げて伸びをする。「ジャスミンの花に包まれて午後のお茶を飲む、か。いいなあ、この優雅さ。子なしの専業主婦ならではだよね」姿勢を戻してから、「で、やめちゃったの、Kクリニック」と聞く。

「やめます、ってはっきり先生に言ったわけじゃないんだけど、ここ三か月ぐらい行ってない。最初から、一年たってだめなら、って考えてたし」

「ちょっと、諦めが早いんじゃない。あたし、三年目だよ。七年通ってる人もいるのに」

と真美はすこし不満げに唇を尖らせるが、「あ、でも愛子はそのまえS病院が長かったもんね」とつぶやく。

「もういいの。仕事までやめて、ばかみたいって思われるかもしれないけど、こうしてのんびり花をいじったり、ダンナの世話したりしてるのが、いまけっこう楽しいから」

「ふうん、まあ人それぞれだよね。行くのやめてからできたって人もいるし」

「ねえ、このイチゴ食べてみてよ」大粒の豊の香イチゴを盛ったクリスタルの皿を真美のほうへ押しやる。「摘みたてなんだって。真美たしかイチゴ好きだったと思って、今朝近所の農家まで買いに行ったんだから」

「ほんと、新しそう。でもさ」真美はひと粒つまみあげると、幅の広い濃緑色のへたを示し、「ねえ、こういうの、客にはふつう取って出すんじゃないの」ときれいな弓形に描いた焦げ茶色の眉をかすかにしかめた。「豊の香って、とくにへたが大きくてグロテスクだと思わない?」

「そうかな、庭で食べるんだし、ついたままのほうが野趣があるかなって」

「ものは言いようだね。あんたは昔からけっこう雑なとこがあったよ」と言いながら、真美は長く伸ばした爪でへたをえぐり取って、さも汚らしそうにジャスミンの根もとに放り投げる。「考えてみたらその野趣ってやつが苦手なのよね、あたし。小学校のとき、社会見学でイチゴ狩りに行ったことがあったの。みんなは土のついたなまぬるいイチゴを平気で食べてたのに、あたしはだめだったわね。なんか気持ち悪くて食べられなかった。ふだんは大好きなのに」

「きちんと洗って冷蔵庫で冷やしたやつでないとだめなんでしょ」

「そうそう、万事そうなのよね。魚も三枚におろしたり絶対できないし。スーパーのトレーに入った切り身だけ」と言いながら、つぎのイチゴに手を伸ばす。

「でもさ、考えてみたら不妊治療って、魚をさばくようなことしてるわけじゃないの」とわたしが言うと、「やあね、気持ち悪いこと言わないでよ。でもそういえば、体外受精だって、サケのお腹から絞り出したイクラに精液ぶっかけてるようなもんだよね」とくすくす笑う。「……で、愛子、けっきょく何回やったの、人工授精」

「うん……六回かな。真美は？」

「来週またやるのよ。それで最後かなあ。十回やってだめならつぎのステップに行きましょう、って先生に言われてるし」

「つぎって、採卵？」

「うん、たぶん」

「そう……根性あるね」

「だって最初からそのつもりだったし……」

会話はしばらく途切れ、真美はイチゴのへた取りに専念しはじめる。いつもきれいにエナメルを塗った爪は、土いじりをするわたしの短く切ったまるい爪とは対照的だ。きょうはパール入りの灰青色で、その鋭利な先端を裏返して果肉に差し入れ、スコップの要領でへたを浮き上がらせている。爪がやわらかい肉にめりこむ瞬間、薄く張りきった皮が破れ、透明な赤い汁が滲んで指先にからむ。

「でもさあ、正直言って、ここんとこ、けっこうめげてるんだよね」真美はちょっと指を止めて目をあげた。「ねえ、カズミって子、知ってたっけ」

「うん、会ったことはないけど、真美の大学の同級生でしょ。雑誌のライターしてるって言わなかった？」

「そうそう。カズミ、二年くらい前に結婚したんだけど、相手は取材で知りあった写真家で、六つも年下なのよ。それもいまふうの、カッコいい人でさあ。カズミは地味で、美人っていうタイプじゃないし、あたしたちのなかでも一番結婚遅かったのに、残り物には福があるって、みんなさんざん羨ましがったんだけどさ」

「それでどうしたの、離婚？」

「どころか、子供できたって、こないだ電話かかってきたの」

「ふうん、そう。彼女も三十五か六だよね。できる人はいくつでもできるんだ」

治療を打ち切ると決めたいまは、こうした話題もほとんど心を波立てることはない。テーブルでは、毛羽立った緑のフェルト帽みたいなへたがつぎつぎむしり取られていく。エナメルが染みこんでいそうな裸のイチゴは敬遠して、残り少なくなったへたつきのほうをひとつ手に取って口に入れると、甘さと酸っぱさがおなじ強度で舌を刺し、濃厚な味が口腔いっぱいにひろがる。「甘いよ、これおいしい」

真美はそれには答えずに身を乗り出し、「それがさあ、ちょっと変な話なんだけど」とすこし言いよどむと、声をひそめて「その彼って、なかで出せない人なんだって」と言う。

「へ、どういうこと」

「だから女の人のなかで」

「セックスレスってこと？」

「じゃなくて、やることはやるみたいなんだけど。まあ、夫婦のことだし、カズミもはっきり言わないから、あたしも詳しくは聞かなかったんだけど。とにかくなかでは射精できないんだって」

「いわゆる遅漏ってやつ？」

「なにそれ」

「だから早漏の反対」

「そうなのかな、よくわかんないけど」

「で、どうしたの、人工授精したの」

「ううん、文房具屋で一個十円のスポイト買ってきて、それで自分で入れたんだって」

「えっ、それでできたの」

「実はちょっと前に相談受けてて、ほら、あたしがずっと不妊治療してるの知ってるから。保険もきかないし、高いよ、って言ったから、自分でやろうと思ったんだって。そしたら二回目でできたって。ねえどう思う」真美は突然声のトーンを上げる。「もうなんか、あたしガックリきちゃって。それも十円だよ、十円。あたしたちの一回の人工授精いくらだっけ」

「ちょっと、問題はそういうことじゃないでしょ」吹き出しそうになりながらも、つぎのイチゴを頬張り、唾液と果汁の混ざった汁が唇の端からこぼれ落ちそうになって、あわてて手の甲で拭う。「ねえ、真美、へたむしってばかりいないで、冷たいうちに食べてよ。ほんとにおいしいんだって」

「いやんなっちゃうよね、もう。あんたならこの気持ち、わかってくれると思って」と言いつつ、真美はようやくイチゴをひと口齧ると、「ふうむ」と小さく唸った。「ジャスミンの匂いとイチゴの味が合わさって、なんかとっても不思議な味がする」

「そうかな、どれどれ」わたしももうひとつ口に放りこみ、舌と歯で果肉をゆっくりつぶしながら、鼻孔からはジャスミンの香りをいっぱいに吸いこんでみる。香りと口のなかの味は、なめらかに溶けあっているわけではない。だがふたつの異なる感覚の境界を慎重にたどろうとすると、たちまち境界面は撓み、ぽつぽつと小さな穴を穿たれてたがいに浸透しあい、知覚を甘さの渦へと溺れさせていく。

「ね、いまここでしか味わえない味だよね。これがほんとのイチゴイチエ、なんつって」と真美ははしゃぎ、イチゴの山をがつがつ食べはじめた。

「もうオヤジ化してるね、ギャグまで。……で、話戻るけど、そのカズミって人、ご主人との関係はそれでいいのかなあ、よけいなお世話だけど。そういう不完全な、っていうか」

「彼女だっていいかげん年だし、子供を作ること考えたら、いまからまた別の相手を探すわけにもいかないんでしょ。それにわたしでも、あのダンナだったら少々のことはがまんすると思うよ」

「少々のことなのかな。ねえ、セックスって、日常的なことだけに起承転結が肝腎なんじゃないの。最後がないなんて、なんか印籠なしで水戸黄門が終わっちゃうみたいな」

「古いんじゃない、そういうのって」

「それは、あれかな、わたしたちみたいに子供のできない夫婦ほど保守的なのかも。避妊もしないわけだし、ずばり生殖目的だから。ヴァリエーションに乏しいっていうか……」

「ローマカトリック教会ご推薦だね」

「まあね、いまどきめずらしいんじゃないの」そう言ってから、自分たち夫婦の、ここ数年にわたる滑稽とも悲壮とも言うべきいくつかの場面が頭をよぎり、はじめの勢いもいくらか尻すぼみになってしまう。

「うちなんか、その段階をとっくに越えちゃってるね、はっきり言って。ダンナももうあれはビーカーに出すもんだと思ってるみたい」と真美。

「あの冷たいなめらかなプラスチックの感触がたまらない、とか言って」

「そうそう、もしわたしとやるんなら、わたしのあそこにビーカーはめろって言い出しかねないね」

「ビーカーはむりでしょ、試験管」そう言ってから、ひとしきりふたりで笑いころげた。

真美はしばらくしてふうっと息をつくと、「とにかくカズミも子供がほしかったのよ、だからめでたしめでたし」とつぶやき、最後にひとつ残ったへたつきをかまわずむしゃむしゃ食べてしまうと、両肘をついて手の甲に顎を乗せ、おどけたように唇をへの字にしてみせる。

昼間、ジャスミンの匂いに誘われてたくさんの蜜蜂がやってくる。だが、ジャスミンは蜜蜂たちを挑発するだけは挑発しても、すっかり思いを遂げさせるわけではないらしい。二度三度花の壁すれすれに滑空して着陸を試みるものの、小さすぎる花からは大量の蜜や花粉は期待できないし、相手がどんなに魅惑的だったとしても、サイズが合わなければ愛を交わすこともできないのだろう。蜂たちはしばらくあたりを旋回したあときまって、すぐ脇のテラコッタの壷に植えた何株かのジギタリスに向かう。やはりいまが花の盛りで、とんがり帽子のかたちの大きな花房の下から順に咲いている、きつねのてぶくろという和名通りの細長い袋状の花に侵入し、蜜を求めてしゃにむに奥にもぐりこんでいく。

蜜蜂たちは蜜を吸うあいだ、脚でせっせと蕊《しべ》を踏みしだいて花たちの生殖に手を貸してやる。ずっと蜜蜂のことを、労働のために性を奪われた哀れな生き物と思ってきたけれど、花の手入れをするようになってそれがまちがいだと知った。脚や産卵管の先にも味覚をもつという彼らにとっては、花を味わうことと花と交わることはおなじなのだから。人間でさえ、食べることと愛しあうことは、ねじれた環の表と裏のようにつながっている。女ならだれでも、相手を受け入れた部分がもう一枚の舌になってしまうあの感覚を知っているだろうし、さらに皮膚全体が、裏返された消化器官のように無数の微細な突起をざわざわと立ち上がらせ、触れあうものすべてに吸着しはじめると、ついには自分のからだとそうでないものの境目がなくなってしまう。ましてや種の保存という重荷を免除された蜜蜂たちにしてみれば、花の香りに酔い、口で蜜を、脚で花粉を味わい、お腹いっぱいに蜜を満たし、全身に金の粉をまぶして花と巣を往復しつづける日常の、なにもかもが快楽であり、無限に反復されるリズムとダンス、光と匂いの渦にちがいない。

つきあいはじめてすぐの頃、潤が終わったあとにわたしのなかに指を入れ、長いことそっとさぐっていたことがあった。だれかと比べられている、と一瞬固くなったけれど、彼の指の動きは、珍しい昆虫や標本を調べる少年の熱心さと細心さだけを伝えてきたので、汗で湿ったシーツに寝そべったまま、すぐにしたいようにまかせた。粘膜は熱っぽく膨れて無感覚になっていたし、からだ全体もけだるくて、自分の意識とすこしずれた地点にごろりと横たわっている感じだった。ねえ、おもしろいの、そんなことして、とくぐもった声で聞くと、彼は、うん、おもしろいよ、とても。じっとして、と囁き、内部の襞のひとつひとつを確かめるように何度もなぞり、指で読み取った立体地図を空に描いているのか、すぐそばで軽く閉じた瞼の下の眼球がかすかに動いていた。その真剣さにほだされてこちらまでなんだか神妙な気持ちになり、ときどき腰をもちあげて角度を調節してやったりした。彼がこんなふうにするのは、性的な刺激のためでも、いとおしさのためでもなく、子供じみた好奇心からでしかないとわかっていたけれど、すこしもいやではなかったし、役に立ってあげられるのが嬉しくさえあった。

ラテックスの手袋をつけた産婦人科医の熟練した指にとっては、そこは人間のからだの一部というより、やわらかな材質でできた試験管だ。かたわらに無表情に控えている看護婦は、患者が診察台に上がるやいなや、手ぎわよく金属製の義肢に似た器具に両膝を固定し、スカートをすばやく腰までまくりあげると同時に、お腹の上で白いカーテンをシャッと音高く一直線に引く。それはちょうど手品師が若い女を長方形の箱に入れ、ノコギリで胴をまっぷたつにするのに似ている。ひらいた両足が視界から消え去ると、わたしは白いカーテンの波間に漂う上半身だけの奇妙な生き物になる。向こう側の遠いのか近いのかよくわからない場所から差しこまれた指の感覚が、背骨を伝ってざわざわと這いのぼってくる。つづいてさまざまの器具が挿入され、押しひろげられ、ボウルのなかの卵のようにぐしゃぐしゃ掻き回され、えたいの知れないガスや液体を注入される。

目を閉じると、瞼の裏はそのまま白いカーテンの向こう側を映し出すスクリーンになり、遮蔽されているお臍のあたりまでからだがぐるりと裏返され、赤黒くさらけ出されているのがぼんやり見える気がする。ときには舌に鉄錆のような血の味を感じ、向こう側の惨状が口にまで逆流してきたかと一瞬錯覚するが、それはただ、苦痛をこらえて噛みしめた下唇からちょっぴり血が滲んでいるにすぎない。

最初から子供がほしかったわけではない。十代のころはむしろ小さな子供は煩わしかったし、親戚の家で、女の子なんだから当然好きでしょ、という感じで、おくるみにくるまれた乳児を押しつけられたときなど、かわいさよりも気味の悪さが先に立った。すえたような臭いのするぐんにゃりした塊は、人間というよりも湯気を立てている臓器のようで、どこをどう支えればいいのかわからず、腕のなかからずるりとすべり落ちてしまいそうだった。むりに笑顔を作りながら、だれかが抱き取ってくれるまで両腕をこわばらせていたのを覚えている。

美大のデザイン科を卒業して、アパレルメーカーでテキスタイルデザインの仕事をはじめ、展示会をきっかけに、広告代理店に勤務する潤と知りあった。翌年結婚してからも仕事中心の生活は変わらず、子供についてはいよいよせっぱつまった年齢になってから考えればいいと思っていた。潤が子供をほしがったこともあって、三十になったのを機に避妊をやめた。それでもいっこうに妊娠の兆しはなく、二年後に夫婦そろって診察を受けたS病院の産婦人科では、潤は精子の数、運動性ともに問題ないとのことだったが、わたしは軽度の卵管通過障害と診断され、卵管にガスや水を通す治療、およびタイミング指導などに通うはめになった。

詰まっている、通りが悪い、そう言われつづけた。人を煙突かなにかみたいに。人間のからだは、表面からは見えないさまざまの入り組んだ管から成り立っているらしかった。無数の管が立体交差するなかを、それぞれいろんな色や濃度の液体が流れ、浸透しあってたがいの成分を交換し、余分なものを排出したり、精子や卵子を運んであるべき場所に送り届けたりする。青い血管のこまかな網目の下に、まず中央に食べ物を通す系列があって、それにところどころで交差し、まといつくようにして生殖の系列がある。このふたつはときどき混じりあってしまい、生理痛だと思っていたら食あたりだったりする。出産後の手伝いに行ったとき妹の絵里子に聞いた話では、生まれてくる赤ん坊とウンチの見分けもまったくつかないものらしい。

「ふつうは陣痛がはじまったら浣腸してトイレに行かされるらしいんだけど、わたしのばあい、お産の進行が速すぎて間にあわなかったのか、それとも病院の方針なのか知らないけど、とにかくなにもしてくれなかったのよ。それがさあ、わたし、たまたま三日くらい前から便秘してて、やばいなあって思ってたんだけど。でも陣痛が短時間にわあっときて、骨盤がめりめり裂けそうなくらいで、もうパニック状態。なにがなんだかわかんないうちに生まれちゃってて、そんであとで気がついたら、お腹のほうもすっきりしてたんだよね」

「ドサクサにまぎれて一緒に出ちゃったってわけ？」

「ん、まあね」

「あんた恥ずかしくないの、また検診とかでその病院行くとき」

「だって、こんな巨大なウンチを産み落とそうとしてるときに、ちっぽけな普通のウンチのひとつやふたつ、なにさって感じだよ。もうお姉ちゃんも体験したらわかると思うけど、とにかく異常な状況なんだから。いきむときなんて、獣みたいなものすごい唸り声が出て、えっこれわたしが出した声？なんて自分で驚いてんの。それがとうとう十月十日の便秘が解消したときのすっきり感ときたら、もう小さいことなんかどうでもよくなっちゃうんだって」

そんなふうに言って、彼女はあっけらかんと笑ったものだ。おなじ親から一年ちょっとの間を置いて生まれて、他人からもよく似ていると言われたけれど、肌のきめや姿かたちといった表面の特徴の下で、絵里子のばあいはなにもかもが滞りなく、順調に流れているのだった。その証拠に結婚してすぐに妊娠しているし、いまでは五歳をかしらに、三歳、七か月と、三児の母になっている。

絵里子の最初の出産のときは、産後の手伝いに行っていた母が、腰を痛めて早めに帰ることになり、絵里子の夫の出張のあいだだけでも来てやってくれ、と電話で頼んできた。ちょうどゴールデンウィークにかかるときだったし、ふたつ返事で引き受けたものの、赤ん坊の世話なんて内心まるで自信がなかった。それに、産後すぐの女というものは、人間でも動物でもやたら気が荒くなるというではないか？　産後の世話をきっかけに、嫁と姑がこじれたというような話は周囲でもよく聞いていたので、わたしとしては多少の不安と警戒心をもって、はじめての訪問となる絵里子のマンションへと向かったのだった。

女ふたりと赤ん坊だけで過ごしたあの一週間は、ほとんど閉じこもりっきりだったのに、明るい広々とした空間に包まれていたような印象がある。初産にしては思いのほか軽かったという絵里子はぴんぴんしていたし、ひな子と名づけられた赤ん坊は、ミルクでも母乳でもたっぷり飲み、飲んでいないときはほとんど眠ってばかりだったので、手伝いといってもたいしてすることもなく、近所に用足しに行くほかは、日がな五月の明るい陽射しの射しこむ部屋で、まるまるした赤ん坊をかわりばんこに抱いたり、ゆすったり、撫でたり、嗅いだりして過ごした。

いったいいつのまにこんなに赤ん坊が好きになっていたのか、自分でも不思議だった。表面に脂肪のこまかな粒をびっしり浮かべたまるい小さな顔に、すべての部品が完璧にそろっていた。おむつを替えるときにくるんと剝き出す部分にも、みずみずしい肉のくびれのいくつもの奥に、ちゃんと大人の女のとおなじ作りのものが、小さな果実のように固く閉ざされていたし、裸の胸にはぽっちりと絞り出したばら色のクリームそっくりの乳首がふたつ並んでいた。先端に微細な桜貝のような爪を嵌めこんだ手足の指も、そら恐ろしいほど精巧にできていて、しかも暖かく湿って、縮かんだりひらいたり、こちらの指をぎゅっと締めつけてきたりした。

絵里子と赤ん坊は、共生関係というよりも、ふたりでひとつの生き物のようだった。ふだんは分離しているが、日に何度もたがいに吸い寄せられて接合し、そこを乳が流れる。流れが遮られると、赤ん坊だけでなく母親にとってもひどく不都合らしかった。たまに絵里子だけが歯医者やデパートに出かけたときなど、かならず「ああ苦しい、苦しい」と言いながら駆けこむように戻ってきて、あたふたと胸をはだけると、先端の穴の周囲だけが鮮やかなピンク色の、黒光りする巨大な乳首をすぽんとひな子の口に接続する。そしてふう、と息をついて、「あんまり苦しかったから、トイレでちょっと搾ってきた」などと言う。「吸いつかれた瞬間にばっ、てよけい張るんだよね。それがこの子にどんどん吸われて、しこりが溶けていくときの気持ちの良さったら」

いいな、いいなと羨ましがるわたしに、「お姉ちゃんも飲ましてみてごらん」とそそのかすので、ひな子が空腹になったころあいに、わたしの乳房をふくませてみた。絵里子のと較べるとまるで張りのないふにゃふにゃした乳首に吸いつかれたとたん、ねじりあげられるような痛みが走り、きゃっと悲鳴を上げると、ひな子のほうでも勝手が違うと激しく泣き出した。この小さな唇が、いままでに触れられたどの唇よりも強力な、驚くべき吸引力を備えているのだった。「すごい力だね、あんたよくなんともないね。裂けちゃうかと思った」と乳首をさするわたしに、絵里子は余裕で交代して、「でもさあ、これこそが、おっぱいの正しい使い道なんだよ。お姉ちゃんたちは使い方まちがえてんの」とけらけら笑う。

ひな子が一番活発になるのはお風呂のときだ。湯ざめしないよう、午後の早い時間にすませる沐浴が、平穏な一日の小さなクライマックスだった。まずベビーバスを台所のシンクに置き、わたしが温度を調節しながらお湯を入れていくあいだ、絵里子は隣りのダイニングテーブルの上に、タオルやベビー服、ベビーパウダー、ベビーオイルに綿棒を順序よく並べていく。準備ができると、ひな子を裸にして湯を使わせるのはわたしの役目だ。左手で首の後ろを支えながらそっとからだを沈め、右手にもったガーゼで丹念に拭いていく。入浴剤を溶かしこんだ薄緑の湯がばら色の肌の上を流れ、ひな子は気持ちがいいのか、手足をぬうっと伸ばしながら、ぱっちりと目を見ひらく。その瞳はなにを見るでもなく、まだ胎内の暗がりを宿したままの曇った青黒さで、わずかに覗く白眼は磁器のかけらのように青い。

湯から引きあげてタオルでこすると、ひな子の肌はいよいよ鮮やかに赤く上気して湯気を立て、バニラに似た甘い匂いが立ちのぼる。

「できたてほやほやだね、ひなちゃんは。できたてって、人間でもこんなにきれいなんだ」

「あのさあ、生まれたすぐあと、この子が臍の緒につながったままのところを、看護婦さんがぶらんともちあげるとこが脚のあいだから見えたんだよね。そしたら、もっと血まみれでどろどろした汚いもんかと思ってたのに、つるんと光ってピンク色で、もう嬉しくて涙出てきちゃった。お腹のなかで、こんなにきれいなものがいつのまにかちゃんとできてたんだなあ、と思って」

「ふうん、まるで魔法だね。巨大なウンチのはずだったのに」

「ほんと。産んだあと、ちょっと自分でもおかしいくらい興奮してた。やたら涙もろくなっちゃって。二、三日したら落ち着いてきたけど。でもあのときの嬉しさは一生忘れないね、きっと」そう言って、絵里子はベビー服を着せ終えたひな子の頬をそっと指でいじる。「じつはちょっと心配してたの。お姉ちゃん、あんまり子供好きじゃないみたいだし、せっかくのお休みを来てもらって、いやな思いさせたら悪いし、それにわたしのほうも、いまはこの子がかわいいばっかりだから、もしかしたらおたがい気まずくなっちゃうんじゃないか、って」

「あ、それ、正直言ってわたしも思ってたよ」

「だからさ、お姉ちゃんがこんなにひな子のことをかわいがってくれて、ほんとに嬉しいよ。ほんとにありがとう」そう言いながら、うっすら涙さえ浮かべているところをみると、産後の興奮状態はまだいくぶん続いているらしい。

「わたしは子供ができるかどうかわかんないし。ひなちゃんのこと、ずっとかわいがってあげるから」と照れながらも言うと、絵里子は「そんなこと言わないで。作ろうとしなかっただけでしょ。ねえ、産みなよ。仕事だって続けられるって。ね、ひな子に早くいとこを作ってやってよ。わたしも楽しみにしてるから。ねっ」とこちらを当惑させるほどの真剣さで言いつのる。

結婚してからずっと、忙しい一日がはじまる前の、ふっと宙吊りになったような朝の時間帯が好きだった。一戸建てに越してからも、暗闇のなかで目覚めるのがいやで、雨戸をすこし開けた上に、濃い青のジャカード織りのカーテンを閉めて眠ることにしていたので、朝の寝室は明るみとも暗がりともつかないやわらかな青色に満たされる。先に目覚めるのはいつもわたしで、すぐそばで眠っている潤のからだの熱と、熟れた果実の匂いのする呼気を感じながら、光の転写された天井の淡い縞模様を、水底から水面を見あげるようにしばらくぼんやりと眺めていたものだった。息苦しさにもがくように眠りから目覚めると、あたたかな大理石彫刻のような潤の腕が、わたしの乳房の上に無造作に投げ出されていることもあった。

だが治療をはじめて以来、朝のひとときは、起き抜けのざらつく口に体温計を押しこんでから電子音が鳴るまでの短い待機に取って代わられ、一日の残りの時間も、翌朝のおなじ待機までのさらに希釈された待機でしかなくなった。それは同時に、グラフ用紙に定規を当てて短い線分を引き、こまかな稲妻模様をつないで、ついには望ましいかたち、すなわち高温相にはいったままで、平坦にどこまでも伸びていく線が描き出されるのをひたすら待つという、気の遠くなる作業に対応していた。

S病院のわたしの担当医は、白衣から出ている部分がすべて脂の膜に覆われている感じの、五十がらみの精悍な中年男性だった。なにごとにつけざっくばらんなところが、患者の余分な羞恥心を取り除いてくれる点はいいのだが、月に一度、白いカーテン越しに、ひんやりした空気に固く粟立っているわたしの両腿のあいだから、衝立の向こうで待っているつぎの患者にもまる聞こえの野太い大声で、「今夜だね、今夜性交してくださいい」と言ったりする。

病院を出てから潤の携帯に電話をかけ、あのさあ、やっぱり今夜だって、明日じゃ遅いかもしれないって、と報告すると、たいていは、え、今夜?と気の乗らない声が返ってくる。そのあと残業が、だの、接待が、だのと言いわけが続き、それでもいつもよりいくぶん早めに帰宅してはくるのだが、仕事の詰まっていたときなどは見るからに不機嫌そうだ。そして肝腎の性交たるや、いままでとおなじことをほぼおなじ手順で行っているにもかかわらず、なにかが決定的に変質している。

「なんだかなあ、どうにかならないのかねえ」終わったあとで潤が腹ばいになって煙草に火をつけながら言う。

「なにが?」あお向けになって両膝を立て、腰の下に枕をあてがった姿勢のままで、首だけ傾けて聞き返す。すこしでも可能性を高めるために、この姿勢を十分ほど保つことにしている。真美の話では夫に足首をもたせて逆立ちする人もいるらしい。

「なんか、味気ないよなあ」

「しょうがないでしょ。目的のための手段なんて、みんな味気ないもんよ」とつとめて明るく受け流しながら、自分でも、これほど喜びと無縁の、ほとんど苦役と化してしまった作業から、いずれなにか喜ばしい成果が生まれてくるなどということがあるのだろうかと、心細い思いにとらわれる。

「まあ、女は受身でいればいいわけだから楽だけど、男はいろいろデリケートなんだから」わたしの冷淡さへの不満とも、自分の投げやりな態度への釈明ともつかない口調で潤は言う。あなたがいったいどんな苦労をしているっていうの。自分の側に原因があるという負い目を差し引いても、こう叫び出したくなることもある。男はロマンチストだから、数時間前に医師に見られ、さぐられたその場所が、もう自分だけのものでなくなったと感じているのか。しかも個人的な快楽のためでなく、ベルトコンベアに乗っかった製品みたいに入れかわり立ちかわり出現する、おびただしい生殖器のひとつに格下げされたことで、不倫よりもさらに興ざめだと思っているのかもしれない。治療で具体的にどんなことが行われているのか、彼は知りたがらないし、わたしも話す気にはなれない。第一、白いカーテンの向こうでほんとうになにが行われているのか、わたしにもわかってはいないのだ。医師は診断を下すにあたって、ただ闇のなかをさぐる指先の感覚だけを頼りにしているのか、それとも度の強そうな眼鏡の脂じみたフレームを、ほとんどくっつけんばかりに熱心に覗きこんでいるのか。いずれにしても、白いスクリーンを背景に、つぎつぎと下半身だけの奇妙な生き物がぽっかりひらいては消える眺めを、彼が楽しんでいるとは思われない。

ふだんの診察や治療にはあるていど慣れてきたが、最初のころに受けた子宮卵管造影検査だけは二度と受けたくないと思う。まず子宮口をひろげるために、風船を入れて膨らませます。軽い圧迫感があるぐらいで、ほとんど痛みはありませんよ。つぎにこれを使って、と医師は卓上から長いカテーテルのついた太い注射器を取りあげ、得意そうにわたしに示す。子宮、卵管へと造影剤を送りこんでいきます。卵管が詰まっているばあいはちょっと痛みがあるかもしれないけど、たいしたことはありません。重要な検査なんだから、しんぼうしてください。だがいざ診察台に上がると、風船が膨らんでいく段階ですでに吐き気がこみあげてくる。さらに造影剤が注入されるにつれて、下腹部が絞りあげられるような痛みに襲われ、がまんできずに思わず腰を浮かせると、すぐさま「動かないで」と看護婦の鋭い声が飛び、骨ばった手で強く押しつけられる。カーテンに遮られて顔が見えないせいか、彼らは患者の痛みに対して驚くほど冷淡だ。ここでは痛みを訴えることも、叫ぶことも許されない。ただ全身の筋肉を緊張させて痛みに耐え、ひたすら終わりを待つだけだ。

潤がそそくさとことを済ませるのも、口には出さないものの、その場所に惨事の現場とでもいうべき、なにか荒涼とした気配を感じ取り、一刻も早く退散しようと浮き足立ってしまうからなのか。そして基礎体温で排卵を確認したあとには、いっそう胸苦しい待機がはじまる。グラフ上で体温が上昇していくにつれて、ひょっとして今度こそ、という期待も高まっていくのだが、十日もすればきまってふたたび体温はずるずると下降しはじめる。

病院の不妊外来の待合室は一般の産婦人科と一緒で、真美はあれほど無神経なことってないよね、あたしたちがどういう思いであの人たちに混じって座ってるか、ちょっとでも想像を働かせればわかりそうなもんなのにさ、だから病院はいやなのよ、と憤慨していたものだった。べつに人の幸せを妬んで言うんじゃないのよ。いかにもこの人は子供のできないかわいそうな人、って目で見られたり、変に気を使われたりするのが耐えられないのよ。そうかと思えば、あきらめないでね、わたしも五年目でやっとできたんですよ、とか話しかけてきたりさ。ほっとけっての。

たしかにS病院の待合室も、まるまるした妊婦たちが患者の大半を占め、あとは付き添いの若い夫や、子宮ガン検診に来た中年から初老にかけての女性たちで、そこに中途半端な年齢のお腹の平たい女がぽつんと混じっていると、すぐに不妊治療に来ているらしいことが知れるのだった。だがふつう妊婦たちの目は、わたしや年配女性を素通りして、自分とおなじくお腹の大きい者の上にしか留まらない。そして見知らぬ者どうしでもすぐにうちとけて、たがいのお腹をさすりあったり、担当医師の噂話をしたり、いろんな情報を熱心に交換したりしはじめる。身ごもっているという共通の一点のみで、彼女たちはみな心優しい姉妹になるのだった。病院としては気をきかせたつもりなのだろう、産婦人科の待合室は明るい南側の一角にあり、コーナーの安っぽい合板のテーブルには、春ならフリージアやスイトピー、秋ならコスモスやアネモネといった淡い色調の花が飾られ、五月の母の日の前後だけ、それが毒々しいような真紅のカーネーションに代わった。花瓶のわきには『バルーン』とか『わたしの赤ちゃん』とかいった月刊誌まで置いてあって、「妊娠期間をオシャレに過ごす」だの「五分でできる手抜き離乳食」といった特集記事を、妊婦たちが仲良く一緒に覗いていたりした。

そんな平和な空間に、たまに一か月検診の乳児を抱いた母親が現れると、一角の空気はたちまち波立ち、赤ん坊を中心に小さな熱気の渦ができる。妊婦たちは口いっぱいに湧いてきた唾液に舌を取られて、自分たちも赤ちゃんことばでしかしゃべれなくなってしまい、あれこれと甘ったるいことばを注ぎかけ、おくるみから覗く蝋細工のような小さな手や足を突ついては、うわあ、とか、きゃあ、とか、小さな悲鳴に似た溜め息をもらす。胸に赤ん坊を抱いた母親は、妊婦たちの興奮を適当にやり過ごしながらも、誇らしげに頬を染めている。もしもそうした母子が隣りに座ったならば、自分だけがその輪に加わらずにいることはほとんど不可能に思われた。おたくはまだ三か月くらいですか？　いえ、あの、不妊治療に。いま多いんですってね。早くできたらいいですねえ、などと、交わしてもいない会話や、相手の一瞬とまどったあとに取りつくろう表情までがありありと想像されて、受付にそうした母子を見かけると、反射的に身構えてしまう。それでも遠くからこっそりと赤ん坊の顔を盗み見て、その熱いクリームのような肌に触れてみたい、ひな子にしたみたいに、鼻を近づけて匂いを嗅いだり、唇で吸いついたりしてみたい、という衝動に駆られるときもあった。だがこの二、三年のあいだに、わたしと赤ん坊たちの心理的な距離はひどく遠のいてしまい、見たい、触れたいと思う先から胸が苦しくなる。治療も二年目にはいると、そばに来られないようにそれとなく周囲にバッグや上着を置くようになった。

妊婦たちだけのときは、打って変わってのどかな情景だった。赤ん坊がからだのなかにいるのと、外にいるのとでは、こんなにもちがうものかと思われた。そしてなぜか彼女たち自身の外貌が、多少赤ん坊のようになっていた。まるまると肥って、診察に便利ということもあるのだろう、たいてい暖色系のジャンパースカートや、やわらかい中間色のマタニティドレスを身につけていたが、それらには、大人の女のものとは思われない動物や風船のアップリケがついていたり、小花模様にリボンやレースがあしらってあったりした。そういえば、以前は細身のパンツスーツや革のぴっちりしたブルゾンなど、スタイリッシュで中性的な服装を好んだ絵里子が、ひな子の出産のあとでは、ピーターラビット柄のぼてっとした赤いトレーナーを着ていたり、甲の部分をリボン結びにするピンクの布靴を履いたりしていたのに驚かされた。どうやら妊娠、出産という大事業は、女たちの理性を一時的にかなり混乱させてしまうらしかった。

明るい色のスカートにまるいお腹を包み、赤い頬をしてにこやかに行儀よく座っている女たちは、棚にずらりと並んだいろんな柄のマトリョーシカ人形を思わせた。どこかの継ぎ目をぱちんとはずすと、なかにもうひとつ小型の人形がはいっている。薄くばら色に張りつめた皮膚の下、肉や粘膜や、液体の通う葉脈のような網目がいくつも重なった奥に、そっくりおなじ生き物が入れ子になって浮かんでいる。体液はあくまで一方向に流れ、母体が赤ん坊を養っているにちがいないのだが、大きな赤ん坊のようになってしまった平和な姉妹たちを眺めていると、彼女たちと赤ん坊はたがいに循環しあい、成分を交換しあっているようにも思えてくる。

きっとお腹のなかにいたときを思い出しているんだろうねえ、と絵里子は、湯に浸けられて手足を気持ちよさそうに動かしているひな子を見て言うのだった。お腹がいよいよ大きくなってくると、お風呂にはいってるとき、この子がにゅうっと脚を伸ばして内側から蹴ってるのが見えるのよ。ほら、『エルマーの冒険』で、エルマーが家出して、麦の袋にはいってどうぶつ島に密航したじゃない。船員が軸つきトウモロコシの袋にまちがえた、あの袋みたいにいびつに変形して、よく破けちゃわないな、て心配になるくらいなんだけど、それがまた、痛いんだけどなんか気持ちいいのよね。

皮膚の下をあたたかな水が流れ、そこに浮かぶもう一枚の皮膚に包まれた肉の塊に、内側からつねに圧迫され、摩擦され、ときには変形するほど強く突きあげられる。自分の内部が同時に外部でもあるという不思議を持続的に生きている妊婦たちは、皆ぼんやりと曇ったまなざしをして、わたしのぶしつけな視線に過敏に反応することもない。その不思議をわたし自身が体験する機会は、いつまでたっても訪れそうになかった。

そんなことを望みもしなかった以前には、たぶんそれとよく似た、もっと鋭い、もっと凝縮された感覚を知っていたと思う。あのころのわたしたちは探求心にあふれ、たがいをもっと貪りたいと夢中になっていた。ふたりのつながってるところを触って、と要求してきたのは潤だった。ふたりの継ぎ目を、そう、愛子の好きなようにいじってみて。そうしたら気持ちがいいんだ。指は導かれるままに、ふたつの皮膚が交じりあうまるい縁をさぐり当てる。目には見えないその環を境に、からだの表面は裏側へとまくれこみ、吸いこまれてはふたたび外へと繰り延べられ、わたしの肌は彼の肌へと反転していく。こうして内と外は入れ替わり、皮を脱いだ蛇のようにま新しく、みずみずしくなる。あの熱い縁から快楽はいくらでも湧き出てきて、つぎからはもう、言われなくても手はすぐにおなじ場所へと吸い寄せられ、使えるかぎりの指を使って、周囲をいくどもなぞり、手をすべらせて、お腹を、太腿を、お尻を撫でる。革をなめすように手のひらで強くこすると、いま愛撫しているのが自分の肌なのか、彼の肌なのか、わからなくなる。そして届くかぎりの領域を舐めつくしてしまうと、手はむしろ煩わしい、余分なものになり、いっそ付け根からもいでしまいたい、すべての肌を手から解放し、ただひたすら内側からふるえ、ざわめき、熱い蒸気を立ちのぼらせ滴らせる多孔性の表面にしてしまいたいと焦がれる。どうしてほしいの、ねえ、と波間で息を継ぐ人のように潤は囁き、手が邪魔なの、動けなくして、とつぶやくと、彼は急に冷静になってわたしから離れ、立って寝室の隅の和簞笥のところまで行くと、結婚してから一度も使ったことのなかった絹の帯ひもを、まるでその用途のためにいままでしまっていたとでもいうように、的確に探し出し、シュッと音をたてて引きずり出す。

京都の人間だった母は、一年に一枚、結婚までに簞笥一棹いっぱいになるようにと、娘ふたりに着物をあつらえさせたため、わたしも絵里子も、母にもたされた和簞笥が手狭な寝室をいっそう狭くすることになった。あんなことしてくれなくても、現ナマでくれればいいのにね、と言いあったものだったが、あれは母の道楽でもあったのだろう。手をどこまでも軽やかにすべらせていく絹は、重ねられれば水分をじっとり含んでいるように重い。和簞笥の内部には、長方形に折り畳まれた絹がずっしりと層をなしている。もち主が死んだあとも、娘や嫁たちは骨を分けるように着物を形見分けする。実家の桐の簞笥は、やはり母が祖母から譲り受けた古びた着物でいっぱいで、母が畳紙《たとう》をうやうやしく両手に捧げもって出し入れするようすから、子供ごころにそれらは位牌やお供えといった類に属するものに思われた。だが簞笥のなかの布たちは、死んだふりをしているだけで、明るい場所でひろげられたとたんに、しゅるしゅる音をたてて息を吹き返す。ひとたび肌にまとおうものなら、たちまち息が詰まるほどに締めつけて、隆起や膨らみ、窪みや裂け目もある複雑な地形を、たちまちのっぺらぼうの円筒形にならし、色や模様の背後に塗りこめてしまうのだ。

　おそらく世界中のどの場所でも、花嫁たちに布はつきものだ。童話や昔話は、幸福な花嫁になるために、昼夜を徹して糸を紡ぎ、機を織る娘たちであふれている。そしてやはりいたるところで、女たちは赤ん坊の誕生を待ちながらこまごまとした布を準備する。娘時代の浴衣や肌着がおしめになり、やがて赤ん坊の汚物を拭うためのぼろ切れになる。出産祝いに贈られたベビードレスや襦子のベビー靴は、内祝のナプキンやバスタオルになって贈り返される。こうして布は貨幣のように循環する。

　絵里子のマンションで過ごしたあの一週間、お風呂がすんでひな子がさらさらと粉をはたかれ、ガーゼの肌着と綿のベビードレスにくるまれてお昼寝しはじめると、わたしたちのお茶の時間になる。絵里子が紅茶を入れているあいだ、マンションの一階にあるパティスリーに、彼女の注文にしたがって、クレーム・ブリュレや赤や紫のベリーが山盛りになったタルトなどを買いに行く。絵里子は旺盛な食欲で、わたしがあらかじめ自分の皿のを半分ほど取り分けてやった分まで、あっというまに平らげてしまう。そのあとは、続きの和室に置いてあるベビー箪笥の前に場所を移しておしゃべりを続けながら、箪笥からひな子の服を取り出してはひろげ、いくつも並べてはまた畳んで、とほとんど惰性的に繰り返しはじめる。第一子ということで、あちこちからお祝いにもらったものに加えて、従姉のところから大量に回ってきたお古があり、さらにおなじ階の奥さんが大きな紙袋ふたつにいっぱいくれたとのことで、ひな子は生後一か月にして箪笥一棹分の衣装もちになっていた。儀式みたいになっているのが自分でもおかしいらしく、変だよね、気がついたらいつのまにかまた箪笥開けてる、と絵里子は笑う。もうどこになにがはいってるか全部わかってるのに、ひととおり取り出して、整理しなおさなきゃ気がすまないのよね。ほら、みんなぜんぜん傷んでないし、これなんか新品みたいにきれいでしょ。そう言って、バレエのチュチュのようにたっぷり襞を取った、赤地に白のピンドットの水玉のワンピースをひろげてみせる。

箪笥からはほかにも、機能性を度外視して、愛くるしさだけを追求したちっちゃな布切れが、つぎからつぎへと引き出されてくるのだった。黒の木綿レースで縁取りした、オレンジ色のギンガムチェックのビキニスーツや、白のレース地に白繻子のリボン飾りをいくつも縫いつけたサンドレスがあった。ズボンの胸当てがカバの顔で、ちょうど鼻の穴の部分をボタンで上衣に留めるパジャマや、紺がすりの小さな甚平さんもあった。なんか、こうしてると、とっても幸せな気分になるのよね。いままで子供服なんか全然興味なかったのに。ねえ、これってもう、今年の冬にいけるかなあ、と、ふたつのまるい耳のついたフードを被るとテディベアの着ぐるみみたいになってしまう、薄茶色のフエイクファーのコートに頬ずりしながら絵里子は言う。これらの布切れをひろげては眺め、溜め息をついては撫でさすり、それらが何か月か先、あるいは何年か先に包むことになるだろうわが子の幻の肉体を愛撫する。その子が引き剝がされてきた最初の衣、剝がされるやいなや腐りはじめ、汚物として捨てられてしまった自分の皮膚を悼みながら。いずれ布切れの大半は、非実用性ゆえにろくろく袖を通されることなく、また別の母親のもとへと送り届けられるのだろう。

「ねえ、お姉ちゃん、覚えてる？　お母さんの簞笥から古い着物を引っぱり出して、遊んだことがあったでしょ」

「覚えてる、覚えてる、十二単《ひとえ》ごっことか言って。あれいつごろだっけ」

「小学校の五、六年じゃなかった？」

母の簞笥のなかの着物は、概して地味な紬《つむぎ》や銘仙などが多かったのだが、忘れることができないのは色とりどりの襦袢のほうだった。直接陽にさらすことなく肌につけるものだったせいか、袖口がやや擦り切れて褪色していた以外は、なまなましいほど鮮やかな色目を保っていた。緋色や臙脂《えんじ》といった強い色に花菱や亀甲の地模様が織りこんであったり、朱鷺《とき》色、萌黄、鶸《ひわ》色といった淡い地に、極彩色の花鳥紋が染めつけられていたりした。昔の人はね、こうして見えないとこでおしゃれしたのよ、あんたらにはまだわからないだろうけど、それが粋ていうことなの、と母はしたり顔で解説し、箪笥を勝手に開けてそれらに触れることを厳禁した。だが一度、母の留守に絵里子とふたり、気に入った襦袢を取り出して羽織っていくうち、樟脳の匂いに混ざって立ちのぼるかすかに生臭い甘さに酔ったようになり、もと通りにしまえそうにないことも忘れて、つぎつぎと肌に重ねては脱ぎ替え、部屋じゅう着物があふれて収拾がつかなくなったところを、帰宅した母に見つかって、こっぴどく叱られたことがあった。

着物は洗濯できへんのやから、と興奮したときのつねで、母は京都弁になってわたしたちを責め立てた。汚れたらどうすんの、いまどき洗い張りしてくれるとこなんかないんやからね。くどくど叱られながらも、ふだん一度袖を通したものは洗わなければ気のすまない潔癖性のくせに、おかあさんはいったいこんな古い着物が汚ならしくないのかしらん、と不思議に思ったことを思い出す。四角に薄っぺらく畳まれていた襦袢を、ひろげて肩に羽織ったときのあのぞろりとした重さは、女たちの白粉やら肌から滲み出した脂やらが、生地の目にこまかく詰まり塗り重なっていたからなのか。

絵里子は母の剣幕に一度で懲りたようだったが、わたしのほうはそれからもときおりこっそり箪笥を開けて、畳紙を半分ほどめくっては、気に入った柄の襦袢を探したものだった。着物の多くは死んだ祖母のものだったはずだが、若いときは京人形のように美しかったというこの祖母は、わたしの幼いころにはすでに枯れて小さく縮んでいた。絵里子と三人で風呂にはいったときも、肌は色こそ白かったが、膨らみきってからしぼんだ風船のように、こまかな縮緬じわに覆われていて、お臍のあたりにまで垂れ下がった乳房が、湯船に浸かるとぷかぷか浮き上がってくるのを、触ってはきゃあきゃあ騒いだ記憶がある。みずみずしかった肌は、襦袢の一枚一枚に薄く削ぎとられてそのまま貼りついてしまったのか、それら襦袢のほうは、茶色く変色した畳紙の下でまだつややかに光っている。絹の重なりに両手を差し入れて目を閉じると、まぶたの底が熾火のようにほの明るくなり、母をまたぎ越したさらに奥に折り重なったご先祖様たちのからだの、薄赤い内部を覗き見ている気がして、すこし気味が悪くなる。まるで肉の燃え残ったまだ暖かな柩《ひつぎ》のなかをまさぐっているみたいに。

「きれいだったよね、あの襦袢。ねえあれ、お母さん、まだとってるのかなあ」絵里子の口調はただ懐かしそうだ。

「いくらなんでももう処分してるんじゃない。あの当時でも、あんなド派手なやつ着れなかったと思うよ。お母さんだって、記念にしまってただけなんじゃないの」

実家の物置の隅にでもまだあの簞笥が残っているとしたら、それを開けてみるにはちょっぴり勇気がいりそうだ。

テキスタイルデザインの仕事は気に入っていた。画家やイラストレーターのようにひとつの完結した作品を作りたいわけではなかった。自分の考案したパターンが無限に反復された布ができあがってくるたびに、新鮮な喜びを感じた。布はこれから裁断され、つなぎあわされ、さまざまにかたちを変えて、無数の、ひとつとしておなじでないからだを包むのだと思った。なかでも楽しいのは、薄いローン地で仕立てる女物の夏服の図案を考えることだった。絵を描く要領でていねいに図案を描き、色を塗り、それにリピートをつける。すべての模様は反復されることで、動き、うねり出し、裁断を挑発するかのようにどこまでもひろがっていく。幾何学模様、ペイズリー、マーブル、豹や錦蛇などのアニマルプリント、そしてなんといっても圧倒的な種類を誇る植物紋様。アカンサス、柘榴、葡萄に月桂樹といった様式化された形象もあれば、身近な季節の花々もある。さまざまの意匠で空白を埋めていきながら、ふと目の前にひろがる図面がステレオスコープのように盛り上がり、色とかたちの錯綜にからだごと飲みこまれていく気がすることもあって、そんなときはきまっていい作品ができた。

デザイナーとはいっても、わたしのばあい、アパレルメーカーの社員なので、図案だけを描いていればいいわけではなかった。素材メーカーの展示会回り、工場の技術者との打ち合わせなど、短期の出張も多くあり、納期が迫ってくると帰宅が十時、十一時になることも珍しくない。病院の予約の日はできるだけ年休を取ることにしていたが、急に仕事がはいったときは予約をキャンセルせざるをえず、これでまたつぎの月まで、と思うと力が抜け、貴重な卵がまたひとつ汚物の闇のなかに落下していくと思う。第一こんな不規則な生活では、せっかく妊娠しても流産するのではないか、という別の不安にも苛まれ、仕事にもだんだん身がはいらなくなっていった。

そのころ真美はとっくに大学病院に見切りをつけて、不妊外来専門のKクリニックに乗りかえていた。たまの電話のたびに、Kクリニックがいかに効率的にスピーディに治療を進めてくれるかを熱心に述べ立て、わたしにもしきりに転院を勧めた。あたしたちのいまのひと月、ふた月っていうのは、あとからじゃ取り返しがつかないくらい貴重なんだから。あんなふうに、病院みたいにひとつずつステップを踏んで、ひとつの治療に一年も二年もかけて、みたいな悠長なことやってらんないわよ。人工授精でも体外受精でも、気軽にがんがんやってくれるとこでないと。

わたしのほうはS病院に通いはじめてから二年が経過していたが、治療ははかばかしい進展もなく、このままでもじゅうぶん妊娠する可能性はあるのだから、半年ほどようすを見よう、という医師の方針で、惰性的におなじ検査と指導が続けられていた。それに対しKクリニックでは、なにごとも誇張しがちな真美の話とはいえ、患者たちは妊娠という悲願達成に向けて、息つくまもなく追い立てられているらしかった。不妊治療のみのクリニックであるから、妊婦は安定期にはいるとそれぞれ別の産院に転院していくのだが、進学塾さながらの熱気で、今月は何人妊娠した、あるいは何人がめでたく転院した、といった情報がつねに公開され、宣伝されているという。ある目的を最も効果的に達成するためには、そのような極端な環境に身を置くことが必要なのではないか。そもそも不妊治療の本質が、性交の効率化ないし代行作業であるからには、ある程度の苦痛をともなった無味乾燥なものとなるのは当然であり、患者本人がそんなことにいちいちこだわっているようではだめなのだ。これまでのわたしはなにもかも中途半端だった。いまとなっては短期集中あるのみ。優柔不断なわたしにしてはめずらしく、そんな決意が頭をもたげてきて、昨年のはじめ、それまで比較的自由に仕事をさせてくれていた上司が独立したのを機に、思い切って会社を辞め、それと同時にS病院からの転院を決めた。

はじめて訪れたKクリニックの待合室は、想像していた熱気あふれる場所にはほど遠かった。完全予約制のためか病院よりもはるかにひと気がなく、勤め先から来たらしいスーツ姿の女性がひとり、オフホワイトのレザー張りのソファに腰掛けて、グラビア誌をぱらぱらめくっていただけで、それもすぐに呼ばれて診察室に消えていった。グレーの壁に本物らしいビュフェの版画がふたつ掛かり、横長の広い窓には、壁紙と同系色のグラデーションを入れたカンヴァス地のブラインドが半分降ろしてある。アレカヤシやベンジャミンといったこぎれいな観葉植物が、おしゃれなウグイス色の陶製の鉢カバーに入れて、あちこちに置いてあった。すべてが無機的に整えられたこの場所にいると、転院を決めたときの昂揚感は早くもしぼみはじめ、マトリョーシカ人形たちの並ぶ、あのぬくもりに満ちた空間が懐かしく思い出されさえした。

腰掛けたソファの背後に視線をめぐらせたとき、奇妙なものが目にとびこんできた。壁に掛けられた大きなホワイトボードの上部に、横一列に貼りついている真紅の造花。選挙本部の開票速報でかならず見かけるあれなのだ。ボードの右端には「今月治療が終了された方たちです。おめでとうございます」と大きくマジックで書かれ、マグネットで固定された花のそれぞれ下には、何々様、何々様と合計十数人の名前が縦書きに並んでいる。ちがうのは、すべての名前が例外なく当選者として祝福されていることだ。花も安物のペラペラのリボンではなくて、しっかりした手作りのアートフラワーらしかった。これらの十あまりの毒々しい花たちは、ほぼモノトーンに統一された、インテリア雑誌のグラビアに紹介されてもおかしくない空間に恐ろしくそぐわなかったが、クリニックが意図しているように、たしかに景気づけの効果はもたらしていた。それらはまるで、すでにここを去っていった幸福な妊婦たちの、いまや急速にホルモン分泌が盛んになり、充血し、肥厚して外にまくれ上がりはじめた生殖器のミニチュアのようにも見えたのだから。

K先生はにこやかに椅子を勧めると、軽くウェーブのかかった栗色の髪の生え際こそいくらか後退しているものの、しわひとつない色白の顔をこころもち斜めにかしげて、S病院の医師がしぶしぶ書いてくれた紹介状とわたしの顔のあいだに、いくどかゆっくりと視線を往復させた。真美から四十半ばと聞いていたが、わたしとおない年くらいにしか見えず、縁なしの眼鏡をかけ、白衣ではなくベージュのVネックのセーターを着ている。「卵管以外にはこれといって原因が見つからなかったようですね。通水治療をかなり長い期間されていますね」と、語尾を軽く跳ねあげた、やわらかな抑揚で尋ねる。

「はい。忙しくてちょっとあいだが空いたりもしたんですけど。卵管のほうはもうだいじょうぶ、と言われたんですが」

先生は椅子から立ち上がり、封筒から出した写真を裏からライトで照らしたボードに引っ掛け、いろんな具が浮きつ沈みつしている闇色のスープのようなわたしの腹腔を、熱心に見つめた。

「だいじょうぶでしょう。こちらがわの、ここらへんが」棒の先でうどんの切れはしのようなものを示し、「ちょっとあやしい感じはしますけど、まあ問題ないでしょう。このていどで妊娠される方はいくらでもいらっしゃいますからねえ」と明るく言う。そう聞くと、ひょっとするとここではすぐに妊娠できそうな気もして、頬にぽおっと血がのぼる。わたしが赤い花を残してここを立ち去る日は意外に近いのかもしれない。

ではあちらへ、と差し招かれて診察台に上がり、そのあとふたたび椅子に戻って説明を受けた。先生は肘掛けに両肘を置き、胸の前で両手の指を軽く組みあわせて、ここでは原則的に、よそから転院してきた患者におなじ検査を繰り返すことはしないこと、不妊の原因を究明するのでなく、あくまで患者の側に立った実利をめざすわけだから、可能性の高い治療から積極的に取り組んでいく点を了解してほしいことなどをよどみなく話しつづけた。あなたのばあいは基礎体温もきれいに二相になっていますし、排卵がきちんとあることはまちがいないわけですからね。こんなふうにはっきりした原因がわからない不妊の方が、じつは最近、大変増えていらっしゃるんですよ。こういう方には、人工授精がいまのところ一番成功率の高い方法なので、とりあえず、基礎体温はこのまずっとつけてもらって、来週ご主人のほうの検査をもう一回してから、つぎの排卵に合わせて人工授精を試してみようと思うのですが、いかがでしょう。先生はにこやかにことばを継ぎながら、終始まっすぐにわたしの顔を見つめる。最初のうちはいちいち熱心にうなずいたり、相づちを打ったりしていたものの、漠然としたきまり悪さにとらわれて、わたしの視線はだんだん下がっていき、先ほどなかにつるりと差し入れられた先生の指先を見つめてしまう。長いせいでほっそりと見えるが、関節は骨太い男のものだ。水仕事や土いじりで荒れはじめたわたしの手とは較べものにならないほど手入れが行き届き、まるい爪もつやつや光っている。肌が蝋を引いたように白いせいで、指の背や手の甲の側面に密生している黒く剛い毛がひどく目立つ。

その夜、報告も兼ねて真美に電話し、K先生って若いね、と言うと、そうね、それを言うなら産婦人科の先生って、みんな妙に若く見えない、あんた、S病院のときどうだった、と訊く。

「うん、タイプはいろいろだけど、たしかにみんな肌の色艶はいいわね。湯上がりみたいにつるつるして。いつも女性ホルモン浴びてるせいかな」

「あの人たちって、いつも胎児とか胎盤とか触ってるわけじゃない。ほら、胎盤って、昔は胞衣《えな》とかいって、不老不死の薬だったらしいじゃないの。卑弥呼も若返りの霊薬に、水子を貪り食べてたんだって」

「なに見てきたみたいに言ってるの」と笑うと、「マンガよ、山岸涼子のマンガで読んだの。でもありそうな話じゃない。天然ホルモン剤」と大まじめに答える。

「そういえば、グリム童話にあったよね。福の皮をかぶって生まれてきた男の子が、つぎつぎと苦難を乗り越えて幸せになるって話が」

「へえ、知らない、そんな話。福の皮っていうの、胎盤のこと？」

「たぶん。胎盤とか、羊膜とか」

それは「金の毛が三本ある鬼」という物語で、貧しい男の子は生まれたときの予言通りにお姫様と結婚するのだが、腹黒い王様に地獄の鬼の金の毛を三本取ってくるよう命じられて旅に出る。男の子が窮地に陥ると、鬼のおばあさんは彼をアリに変えてスカートの襞に隠し、ぶじに望みをかなえてやるのだ。この話をとりわけよく覚えているのは、最初に出てくる「福の皮」ということばが気になってしかたなかったせいだ。首を切り落としたり、樽に詰めて水に沈めたり、焼けた鉄の靴を履いて死ぬまで踊らせたりと、童話にどんなに残酷なことが書いてあっても、遠い昔の絵空事として安心して読めた。でも母親のからだからなにかが赤ん坊といっしょに剝がれ落ちてくるというところだけは、子供ごころにもひどくなまなましく感じられて、ページのそこから血と肉の臭いが立ちのぼってきそうだった。古来、母親の皮膚や臓腑の一部を身にまとって生まれてきた子供は、不思議な強運のもち主になると読んだことがある。大切な人に髪をひと房切り取ってわたすように、闇の世界が赤ん坊に贈ってくれた切れはしは、このうえなく強力な護符となるのだろう。

「はい、奥さん、搾りたてのミルク」寝室からぼさぼさ頭のまま出てきた潤は、わたしにプラスチック容器を差し出すと、「おれ、朝からもう搾りカスって感じだな」とぼやく。先月もたしか似たようなせりふだった。

「ご苦労さま。ハムエッグも食べる?」

「うん。前なんか、駅の階段で立ちくらみしたからな。栄養つけとかないと。卵二個、半熟で頼むよ」

わたしはプラスチック容器をポーチにしまい、フライパンを火にかける。「でも潤はこれで終わりだからいいじゃない。わたしはこのあとがいろいろ大変なんだから」

「まあ、正直言って、おれとしてはこのほうがましかな。今夜やるから早く帰ってこいって電話されるより」

「そう、そんなにいやだった?」ほんの数か月前のことがずいぶん昔に思える。「要するに、こっちのほうが楽ちんってことでしょ」

「それもあるけど、なんか、いっそ潔くていいよ、人工授精って。効率第一っていうか、生殖に必要なことだけをやってます、って感じで」

フライパンの蓋を取り、湯気を立てている目玉焼きを潤の皿に移しながら、これももともとは一個の卵細胞なんだと思い、一瞬胸が悪くなる。潤は白身の部分だけをナイフで切り取って先に食べてから、最後に残ったとろとろの黄身を二個まとめてぞろりとすすりこみ、ティッシュで口のはたを拭って立ちあがりざま、「うまくいくといいね。でも、だめでもあんまり気ぃ落とすなよ」とわたしの肩をぽんとたたく。

潤がさっぱりした顔つきで出勤していくと、わたしもすぐに精液をK先生のもとに届けねばならない。気分的には、移植用臓器をクーラーボックスに入れて運搬する医師たちにも似た緊迫感はあるのだが、ニュースで見る彼らの厳粛かつ颯爽とした足取りにはほど遠く、どこか人目を忍んでこそこそしている自分が情けない。一時間ほどかけて、電車とバスを乗り継いでいくのだから、それなりの身じたくは整えねばならない。働いているときは服装にも化粧にも気を使い、デザイナーという職業イメージを裏切らないおしゃれを心がけていた。だが産婦人科に行く女が、ましてやバッグの奥に精液の容器を隠しもっている女が、派手に着飾ったり化粧したりするのは、なぜかしら不道徳なことに思えてしまうため、身じたくはなるべくひかえめに、というかいきおい投げやりになる。とにかく一刻も早く無事に精液を届ける、それが唯一肝要なことであって、人ごみのなかで電車の吊り革につかまっていても、バスの座席に座っていても、手はいつのまにかバッグのなかをさぐり、いまやほとんど空っぽの化粧ポーチに忍ばせているプラスチック容器の感触を、何度もこっそり確かめている。これから起こることを思ってすでにからだはこわばりはじめている。Kクリニックでは診察台に例の白いカーテンがないことが売りなのだが、それもわたしのこわばりの原因のひとつだった。診察台に上がり、両脚を金具に接続されると、切り立ったMの字を描いている自分の下半身がいやがうえにも意識され、さらには脚のあいだに身を屈めている先生の姿を見まいとして、天井に視線を固定していなければならない。はい、息を吐いて力を抜いて、もっと楽にね、と先生はまるで処女を相手にするようにやさしく声をかけてくれるが、この姿勢で力を抜くというのは至難のわざなのだ。そしてようやくMの字の中央の、人間の男には届くことのできない奥まったところにあるシャーレに、細長い注射器の先から、ほんのちょっぴりのひんやりした液体が注入される。

わたしたちが衣服をひらき、ふだん隠されている部分をさらすのは、なにかと接続するため、乳首を赤ん坊に、性器を恋人に接続するためだ。肌を交えることで、体内の成分は循環し、流出し、再生する。くっついて細胞のなかみを交換し、たがいに浄化しあう二匹のアミーバみたいに。でも金具や体温計、プラスチックの注射針と接続するだけのからだは、それら無機物の性質を伝染されて固くなり、内部の流れをいっそう悪くしてしまうのではないか。そして、期待、失望、期待、失望の繰り返し。肝腎の自分のなかのことが一番見えない。たとえ目玉をぐるりと百八十度ひっくり返して見たとしても、そこにあるのは肉や管や液体や膜のすさまじいからみあいであり、薬品や超音波やグラフやらの助けを借りてはじめて、起きていることがおぼろげに類推できるにすぎない。こうした類推にかまけていると、時間はたちまちグラフの横軸へと圧縮され、どこまでも繰り延べられて、いつのまにか浦島太郎ではないけれど、縮緬じわのおばあさんになってしまう気がする。自分がなにを求めていたのか、もうよくわからなくなっている。あの薔薇色の生きものをからだの内部に感じてみたかった。熱い液体とともにそれが外部にほとばしり出るのを感じ、両腕にぎゅっと抱きしめて匂いを嗅いでみたかった。でもいまとなっては、自分のしていることと、その欲望がどうつながるのか、まるで実感できない。

黒い枕木で囲った花壇に、冬のはじめ紫や黄色のビオラを寄せ植えして、周囲をぐるりと白い小花のアリッサムで縁取ったのだが、それがもうすっかりだめになっている。

早春にはこんもりと咲き茂り、三色すみれを小ぶりにしたかわいらしい顔をいっせいに日の当たるほうに向けていたビオラは、このところ気温がぐんぐん上昇してくると、伸びすぎた茎が頭の重みを支えきれずに、ぐんにゃりと地面に倒れてしまい、花も中心の部分が膨れて、目のあいだが空きすぎた間の抜けた表情になっている。いまの時期、雌蕊の付け根には微細な種がびっしり詰まっていて、指でつぶすと乳白色に透き通った細長い虫の卵のようなものがあふれ出し、指先に青臭い匂いをつけるのだ。一方アリッサムはいつのまにか鈴なりについた小さな黒い毛虫に喰い荒らされて、見るも無残な姿になっている。

庭いじりが縁でときどき塀越しにおしゃべりするようになった隣りの奥さんは、花が終わったビオラはね、全部捨てちゃうんじゃなくて、枯れるのを待って種を取ればいいのよ、と教えてくれるのだが、だってどうせビオラなんて安い花なんだし、と言うと、さすが松野さんちはリッチよねえ、まあ、それが一番すっきりして、楽なのは楽だけど、でもねえ、苗を育てる楽しみっていうのもあるのよ、と言う。

本場のガーデニングっていうのは、堆肥を作って土作りからはじまるんだから。うちも裏庭にコンポスト置いてるの。市が援助してくれるから、コンポストって安く買えるのよ、松野さんもやってみたら、と勧めてくれたこともあったが、根が不精者だし、仕事もいまはやめてるけど、そのうち再開したいと思っていますから、と断ったのだった。すぐに新しく花を取り替えて、ただ消費していくだけの自分をやんわり批判されているとわかってはいても、土を作り、苗を育て、花を咲かせ、種を取り、と、終わることのない植物の生命の循環に積極的に手を貸すことがなんだか煩わしくて、汚らしくなった株は残らず根こそぎにしてしまう。

まず古い株を抜いて土を掘り返し、炭の粉末でできた土壌改良剤を混ぜこんでから、新しい土を足して表面を平らにならす。そして、午前中に郊外の園芸店で買ってきた夏の花々を、プラスチックのカバーに入れたまま土の上に並べて、いろいろ配置を試してみる。青の蛍光色のロベリア、深紅のゼラニウム、黄金色のマリーゴールド、濃淡の紫の小花をちりばめたヘリオトロープなど、いまの時期に出回る花々はとびきり鮮やかだ。最初に枕木に沿って、白とピンクの日々草を色ちがいに交互に植え、あとはできるだけ補色に近い色どうしが隣りあうように工夫しながら、背の高い順に奥から植えこんでいく。いまはまだ株と株のあいだに黒い土が見えているが、二週間もして茎が四方に伸びひろがり、つぼみもつぎつぎにひらいたなら、強い陽ざしを浴びて色と色の境目がハレーションを起こし、花壇全体は陽炎のようにゆらめき立つだろう。夏の花はとりわけ生長が早く、花屋たちは巧みにピークのすこし手前で半睡状態に保った苗を出荷するので、数枚の葉をつけただけの貧相な苗でも、いったん土に活けられて水と光を与えられると、堰を切ったように葉を繁らせはじめ、つぼみをつぎからつぎへと湧き出させてくる。だがそのぶん寿命も短くて、花を咲くだけ咲かせると、夏の終わりには陽に灼かれて枯れた茎をだらしなく地面に横たえ、すぐに引き抜かれて捨てられていく。

実際、めまぐるしく季節ごとに消長を繰り返す草花たちを見ていると、動物たちの、あらかじめほぼ定められた大きさへと漸次収斂していく成長は、ひどく鈍い、不活発なものに思えてくる。皮膚の内部に複雑な構造を閉じこめた動物とはちがって、一年生の草花ばかりか、ジャスミンのような多年生の蔓草や、不動性そのものと見える樹木たちでさえ、春がめぐるたびにおびただしい新芽を出し、たちまち葉叢で空間を埋めつくす。地面に根を下ろして固定されることと引き換えに、植物たちは光に向けて限りなく表面積を増大していく爆発的な力を手に入れるのだ。葉は昼間無数の小さな鏡となって光を受け、裏側におなじだけの影を入り組ませて、陽射しをきらめく立体模様へと変換し、夜は夜で闇をこまかくほぐして、風のやむことのない愛撫に身をざわめかせつづける。女が動けなくされることで、肌に触れるものすべてを取りこもうと焦れて、肌理《きめ》の粒子のひとつひとつをひろげ、いたるところに触手を伸ばしはじめるように。

月桂樹に変身したダフネーの物語が好きだった。実家にあった美術全集を繰っては、アポロンとダフネーを主題にした絵や彫刻をあかずに眺めたものだった。ベルニーニの彫刻では、身をよじってアポロンの手を逃れようとするダフネーの髪や指先や足もとから葉がほとばしるように萌え出て、なめらかな胴にも、ごわごわした樹皮の覆いが腰のあたりまで這いのぼってきていた。もっと古い時代のイタリア絵画には、からだはまだ黒っぽい衣に包まれた乙女のままで、空高く差し上げた両腕だけが太い枝に変わり、びっしりと緑の葉を繁らせているものもあった。まるで両腕を横木に釘付けされたもうひとりのキリストのように、乙女は青ざめた、神々しくさえ見える面ざしで、取りすがるアポロンに哀れみのまなざしを注いでいた。ダフネーがすっかり月桂樹に変身し終えるにはどのくらいの時間がかかったのだろう、と考えることもあった。瞬間的な変化よりも、ある程度の時間をかけて姿を変えていくほうがずっとなまめかしいと思った。その過程をつぶさに見、抱こうとした手の下で、熱いやわらかな肌が徐々にこわばった樹皮に変わっていったときの、若く美しい男性神の悲嘆を想像しながら、まるで自分のからだの細胞のひとつひとつがかすかに波立ちはじめ、たがいの隙間に薄い壁を張りめぐらせながら、動物のものから植物のそれへとなだらかに変化していくのを追体験しているかのように感じるときさえあった。でもそれは、男の欲望を退けるために自ら硬い樹皮で身を鎧ったというよりも、森の奥深くを好んで、捕えた獣の皮を剝いでは喜んでいたということの娘の、植物への強すぎる愛が、自らの姿そのものを植物に同化させるにいたったのかもしれず、石化ではなく、むしろ微速度撮影で捉えた開花や発芽のように、固く閉ざされていた乙女のからだがゆるやかにほころび、風景のなかに身をひらいていった過程にほかならないとも思われるのだった。こうして娘は一本の樹木として立ち、季節のめぐりにつれて若葉を繁らせ淡い金色の花を咲かせ、群れつどってくるたくさんの虫や鳥たちに、惜しげもなく無数の小さな性器をひらいてみせる。

それとも、あの変身は擬態の一種だったのかもしれない。極限的な擬態、もはや後戻りすることのない決然たる擬態の。動物が植物に姿を変えるのは、自然界ではごくありふれた現象だった。さまざまの生きものが自分とちがうもののふりをしていた。バッタは草の葉のふりをし、尺取り虫は小枝や木のトゲのふりをし、魚は水藻や水底に沈んだ朽木のふりをしていた。それらは人間のこしらえた分類をやすやすとまたぎ越し、自然という大きな織物のなかに自らを織りこんでしまうのだ。擬態は護身や捕食のため、つまりは種の保存のために行われるというけれど、当の生きものたちがすすんで種の区分を愚弄しているのだった。それを「ふり」ととらえるのは人間だけで、彼らにとって植物であるか動物であるかというようなことは、どうでもいいのかもしれなかった。以前熱帯のハナカマキリを映像で見たことがあったが、彼らを周囲の蘭の花と区別しているのは、花弁の先端についた赤茶色のごく小さな鉤爪だけだった。純白のものも、なつめの未熟な実のように緑がかった淡紅色のものもある、ぼってりとしたみずみずしい花弁を陽に透かせて、空気の動きにつれてふるえている彼らは、植物の渦巻く生きた表層に、見えない手によって描きこまれた花にほかならなかった。蘭の蜜を求めて飛んできた蝶は、蘭の花びらそっくりのカマに捕えられると、痺れたようになってさほど抵抗することもなく、ときおりかすかに翅を痙攣させながら、蘭の雌蕊そっくりの顎に噛み砕かれて頭から貪り食われ、蘭の花そっくりの体腔に吸収されていくのだった。自分の五分の一ほどの大きさの雄を尻の上に乗せて、捕食と同時に交尾している雌の成虫もいた。すべては連続していた。わたしの小さな庭のなかでさえ、植物と虫たちは、初夏の陽ざしに沸き返りながら、誘惑しあい、もつれあっては離れ、また吸い寄せられて、ひとつのきらめく連続体をなしていた。わたしもそこにはいりこみたかった。できることなら蜜蜂よりももっと小さな羽虫になって、巨大な百合のように見えるジャスミンの花が無数に群がり咲き乱れる上を、強烈な甘い匂いに酔い、唸りを上げて翅を激しくふるわせながら、どこまでもどこまでも飛びつづけてみたいと思う。

「あれ、また花植え替えたの」

週末になってようやく潤が言う。毎朝目にしているはずなのに、ひらいた花が少なかったせいもあって見過ごしていたのだろう。彼はどんな変化にでもすこし遅れて気づく。台所の壁紙を張り替えたり、髪型を変えたときも、何日かたってから、あれ、と驚く。そのときのやや間の抜けた感じがきらいではないので、わざと告げないでおくことも多い。基礎体温を計るのをやめたときも、ようやく半月ほどあとになって、あれ、体温、計んなくていいの、とふとんにもぐったまま眠そうな声で聞いてくるのを、ふふん、と笑ってごまかした。

「夏の花。きれいでしょ」

「うん。でもなんか目がチカチカする。おまえってほんと、ド派手なのが好きだよな」

「潤としては、もうちょっと癒し系のほうがいい？　たとえばハーブとか」

「臭いのはジャスミンだけでたくさんだよ。おれ、野菜がいい。どうせ毎朝サラダ食うんだからさ。キャベツかレタスでも植えたら」

「いやよ、野菜なんて。きれいじゃないもん」

「そうかな、野菜だってけっこう可憐な花が咲くんだぜ。それにキャベツなんて縁起がいいと思うけどな」とまじめな顔で言うので、一瞬どきりとする。

「それ、もしかして、キャベツ畑に赤ん坊が落ちてるっていう、あれ？」

「ま、冗談だけどさ。でもなんだってそう言うんだろう。あっちはよっぽどキャベツ畑が多いのかね」

「そうねえ、コウノトリの宅配便ならまだなんかロマンチックだけど。まるっこいかたちが赤ん坊を連想させるからかなあ」そう言ってから、むしろ女のからだがキャベツに喩えられているのだと気づく。熟してくるにつれて、きつくくるみあっていた葉と葉のあいだが緩みはじめ、外側からほどけ出し、とうとう一番奥の部分がさらけ出されて淡黄色の花が咲くキャベツに。そして、なかまでかっちりと巻いたまま、無理にめくってもめくってもなにも出てこない女は、石女《うまずめ》と呼ばれるのだ。

「治療をやめてキャベツ頼みっていうのも、なんだかねえ」

「治療はもういいよ」潤がぼそりと言う。「コウノトリにしても、キャベツ畑にしても、要するに子供は授かりものだってことを言いたいわけだろ」

それじゃ、ひなちゃん、しばらく会えなくなるねえ。わたしに手伝いを引き継いだあと、タクシーを下に待たせて、ひな子との別れを惜しんでいた母を思い出す。ベビーベッドの前に膝をつき、母は何度も、ひなちゃん、ひなちゃん、と呼びかけ、まだ笑うことを知らないひな子は、小さな唇の隙間から濡れた赤い舌を覗かせて、きょろんとした目で母をじっと見つめた。あんた、ほんとによう生まれてきてくれたねえ、このおうちに。そう言って母は両手でひな子の足首を握り、チュッチュッと大きな音をたててやわらかい足の裏にキスした。母のそんな率直な愛情表現を見るのが、なんだか気恥ずかしかった。

「まあ、花でいいや。うん。きれいきれい。愛子、ガーデニングのセンスもけっこうあるんじゃない」黙ってしまったわたしを気づかって、潤が言う。

「なによ、取ってつけたみたいに。でも、真美もそう言うのよ。そういうのを英語で、緑の指のもち主、って言うんだって」

と自慢してみたものの、ほんとうに緑の指をもっているのは、隣りの奥さんも言うように、先端に咲き乱れる花ではなく、むしろ土にこだわる者なのだろう。まだわたしは絵を描くように花の色やかたちと戯れているだけだ。ただし予測不可能なぐあいに変形し、膨張する絵の具を使って。それは自分の描いた絵が、布地になり、衣服になる過程でしばしば予想外のものへと変貌してしまう、テキスタイルデザインの仕事にすこし似ている。

花壇に蝶がやってくる。たぶんシジミチョウの一種で、黒に縁取りされた瑠璃色の翅をふるわせながら、陽射しの中をゆらゆら飛んでいる。そこだけを見つめていると、周囲の空気がフラクタルに振動しはじめ、背景の花模様がこまかく切り混ぜられて、ものの見えかたがすこしおかしくなる。子供のころ日射病になったときの、青や黄の斑点がそこらじゅうでチカチカ明滅しはじめ、突然すっと暗くなってしまった、視野の異変の最初の兆候に似ている。このまま見つめつづけると、飛び回っているこのきらめく斑点がわたしの目そのものになり、くるりと向こう側へと、すべてが無数のこまかな光と影の信号からなる複眼の世界へとすべりこんでしまいそうだ。

やっとのことで蝶は目標をさだめ、日々草の花弁の上にふわりと着地する。そうして蜜を吸いながらぴんと翅を立てて静止すると、裏側は飛んでいるときに見せていた表の輝く青とは似ても似つかない、虫喰いの痕そっくりのまるい斑を一列に並べたくすんだ薄茶色で、ときおりゆっくりと翅を開閉するたびに、トランプカードのようにふたつの模様が交替する。デザインの参考に蝶の紋様を調べたことがあったけれど、蝶たちの多くは表と裏でまるでちがう色彩や模様をもち、風景にはめこまれた動く小さな騙し絵になるのだった。熱帯に棲む蝶のなかには、鳥たちから身を守るという当初の目的をはるかに超えた精巧さで木の葉を模倣し、破れ目や黒い染みまで、それも個体ごとに異なったしかたで再現しているものがいる。葉叢のなかにじっと静止して、葉脈を緻密にめぐらせた裏翅を陽に透かし見せるとき、彼らはすっかり周囲に埋没しきっている。でもつぎの瞬間、極彩色の縞と目玉模様からなる表をゆっくりとひらいて見せ、そうしてまた閉じ、こんなふうにまどろみと覚醒を短い周期で繰り返しながら、植物と虫とに分裂した生を誇らしげに光にさらすのだ。

ちょうどそのとき、裏の老夫婦が飼っている肥った白猫が蝶に気づいて、花壇のわきを忍び歩いてくる。蝶の止まっているすぐそばまでくると、すっと腰を落とし、ペルシャの血の混じっているらしいいくぶん毛足の長い尾っぽの先だけを、神経質にこまかく動かして、瞳孔を針のように細め、せっぱつまった表情で固まっている。つづく瞬間、腰を二、三度左右に振って身を躍らせたなら、ドスンと巨体を着地させて花をつぶしてしまうのは目に見えているので、あわてて猫と蝶のあいだに割ってはいり、気をそらそうと背中を撫でると、猫はつんと手をすり抜け、危険を察して飛び去っていった蝶のあとを恨めしげに数歩追いかける。

チーちゃんと呼ばれているこの猫とは、ここに引っ越して以来の仲良しで、うちのクーラーの室外機の上がお気に入りの場所らしく、昼間よく前足をやわらかくからだの下に畳みこんで昼寝している。全身真っ白で、鼻と肉球、それに耳のなかだけがきれいなピンク色だ。背を撫でてやると、起こされたことに不満げなようすも見せず、ぐっと伸びをして頭を強くわたしの手のひらにこすりつけて、喉を鳴らしはじめる。子供のころ飼っていた雄の茶トラは気性が荒くて、小鳥やトカゲなど狩りの獲物を見せに来ては家族を気味悪がらせたし、発情期になるときまって行方不明になり、数日後にすさんだ疲れを色濃くまとわせて帰ってきたものだったが、チーちゃんは去勢しているからか、老齢のせいなのか、いたって穏やかだ。だが隣りの奥さんは、せっかく苗を育てていたプランターの土を掘り返された、家のなかだけで飼ってくれればいいのに、とよく愚痴をこぼしているので、たぶん猫がわたしの花壇を荒らさないのは、いつもびっしりと花に埋めつくされて地面の土が見えないせいなのだ。そんなわけで、いまのところわたしたちの関係は良好だ。

ひさしぶりにくつろいだ気分の土曜日、外食するより家でのんびりしたい、という潤の意見もあり、午後にふたりで郊外のスーパーに足を伸ばして、ワインを何本かと、近所の店には置いていない洋野菜やパルマ産の生ハムなどを買いこんで来た。潤がシャワーを浴びているあいだに、生ハムを薄切りのキウイに巻いたのや、マグロの刺身をカルパッチョ風にしたものなど、適当なつまみを何種類か作り、ねえ、たまには庭で食べようよ、と誘ってみた。あんなせせこましいテーブルやだよ、それに、あのジャスミンの匂いじゃ食欲なくなる、と潤が言うので、妥協案として、庭に面したガラス戸のそばのソファーの前に料理とワインを運んだ。庭の小さなテーブルには、クリスマス用に買って使わなかった薔薇の花のかたちのキャンドルを灯し、部屋の照明を落とすと、まだ明るさの残った青い闇に、ジャスミンの花のほの白い壁が浮かび上がる。窓の外は風もなく、蝋燭の炎はほぼまっすぐに立っているのだが、闇からむくむくと煙のように湧き出してきたかに見える、花のマッスのこまかな凹凸に沿って視線をすべらせていくと、空間全体がかすかにうごめきはじめる。

「ほんと、こうやって見るときれいだな。白い花って夜見ると迫力あるよな」

「化けて出る花って言われてるらしいわよ、ラテンアメリカでは」

「そうだな、たしかに不気味だな。なんか死装束みたいだもん」と言ってソファーにもたれながら白ワインをちびちび啜っていた潤が、突然うわっと叫んで身を起こしたので、驚いてフォークを膝に落としてしまう。

「なんだ、猫か」と言うので外を見ると、チーちゃんが青白い影になってすうっと花の壁の前を横切り、暗がりに消えていこうとしている。

「ああびっくりした、突然花の一部がもこっと盛り上がって動き出したみたいに見えた」

「やだなあ、こぼしちゃったじゃない」

「だって、おまえが変なこと言うもんで、ほんとになんか化けて出たのかと思った」

「もう、臆病なんだから」急いで流しで布巾を濡らしてきて、スカートにとんだドレッシングの染みをたたく。

「あの猫、田中さんに聞いたら、もう十四歳なんだって。十四歳っていったら、人間の八十歳くらいらしいわよ」

「へえ、けっこう身軽にぴょんと塀にとび乗ったりしてるよな。たいしたもんだ」

「でしょ。毛並みもとってもきれいなのよ。それでも若いときに比べたら多少ツヤはなくなってきてるんだろうけど」

「白髪とかできないのかね、猫は。まあ、あいつのばあいは最初っから白か」と言う潤は、いまのように洗いざらしの頭をしていると、鬢《びん》のあたりがはっとするほど白い筋になっている。

「あのさあ、考えたんだけど、人間って年を取るとどんどん汚くなっていくじゃない。でも猫とか動物はそうでもないでしょ。どうしてだと思う」

「ううん、それはさ」と潤はちょっと目をパチクリしてから、「つまり、動物には魂ってものがないから」と柄にもないことをぼそりと言う。「人間のばあいは魂の汚れが外に出てくるんだ。汚れっていうか、疲れが」

「理屈で言えばそういうことかもね」生まれたての赤ちゃんがきれいなはずだよね、と言いかけてやめた。「でも、もっと単純に考えたらさあ、人間って皮膚に毛が生えてないからじゃないの」

「そりゃ、そうだ」

「電車やバスに乗ってたら、つい観察しちゃうんだけど、この、ばりっと背広着て偉そうにしてるおじさんとか、こてこて飾りつけてるおばさんとか、全員がもし裸だったら、って思うとぞっとしない？」

「おまえ、いつも電車んなかでそんなこと考えてんの。おれ、本能的にそういう想像は若い女の子にしかしないけどな」

「一応まだそういう元気はあるわけ？」

「まあね。元気ってわけじゃないけど、でもいまの季節、あの連中、裸よりもっと裸、みたいな恰好してるじゃない」

「でも、どっちにしろ人間は裸じゃ生きられないのよ。たとえ裸を連想させるためだとしても、服を着ないと。熱帯ならともかく」

熱帯なら陽に灼かれた肌はなめし革のように強く、内部を守ってくれるのだろう。でも、弱くなま白い皮膚のもち主であるわたしたちは、ヤドカリがやわらかいお尻を急いで新しい貝殻にもぐりこませるように、つぎつぎと衣服を脱ぎ替えていくしかない。

「ねえ」

「なに」

「もしかして、おまえ、また仕事したいんじゃない」

「え、どうして」

「服の話とかするからさ」

「……うん、ちょっとね。すぐに、ってわけでもないんだけど。藤井さんが声をかけてはくれてるの。社員になるんじゃなくて、仕事をもらって家ですこしずつはじめるならいいかな、と思ってるんだけど」

藤井さんはわたしが会社をやめる間接的なきっかけにもなったかつての上司で、独立してはじめたテキスタイルデザイン事務所がようやく軌道に乗り出したらしく、絵を描く人間が足りないから手伝ってほしいと、このところ短い間を置いて二度ほど電話をかけてきている。

「ふうん。いいんじゃないの、それ。とにかく自分のやりたいようにやればいいよ」潤は表情を緩め、手にもっていたグラスのなかみを干した。

「そうだ、ジャスミンのスケッチからはじめてみようかな」

稠密にからみあう、蔓と葉と花のなかに埋もれていく女がふと浮かぶ。装飾として花を、植物をまとうのではなく、そこにしのびやかに身をすべり入れ、自らを編みこむことによって切れ目なく風景とつながる女。

赤も開けるよ、と潤がソファーの脇に転がしていたブルゴーニュに手を伸ばすので、じゃあチーズも出そうか、と立ち上がってキッチンに行き、冷蔵庫から出した丸い木箱入りのカマンベールとナイフを、小さなまな板に載せて戻ってくると、生まじめな表情でコルクにスクリューをねじり入れている潤の横顔が、水のなかのようにぐらりと揺れる。庭に目をやると、薔薇の中央部はすっかり溶けて蝋の水溜まりになり、剝き出しになった芯の先に、黒い煤を吐きながら長く激しい炎が上がっている。風が出はじめたらしく、炎はときおり大きく左右に揺らぎ、それにつれて花の壁が揺れ、その反映を受けてぼんやり白く光っている潤の輪郭も揺れる。立ち止まったわたしのほうに目を向けて、すっかり暗くなっちゃったね。電気つけろよ、と言うのを、待って、このままがいい、と答え、おなじ光景のなかにいまわたしも立っている、服をからだからすべり落として、あらわにできるかぎりの肌に、この青白くゆらめき光る花の紋様を染めつけてみたい、と思う。

光への供物

狭いサウナ室は満員だった。なぜ自分から求めてわざわざこんな不自由な場所に入っているのか、考えてみれば不可解な話だ。両脇は他人のじっとりと濡れた脂肪に圧迫されているし、呼吸するたびに空気は小さな炎となって流れこみ、口や鼻の粘膜をちりちりと灼く。熱い空気を直接吸いこまないために、タオルですっぽりと顔を覆っている人もいるが、香はこの光景を見ているほうが好きだ。桃色のジュゴンの群れに紛れこんだただひとりの人間、という想像をして楽しむこともある。ここにいる女たちの大半は驚くほど肥っていて、毎日のようにここに来ている成果がゼロに等しいのは明らかなのだが、そんなことに頓着しているようすはない。

ここはちゃんとしたサウナ施設ではなく、香のワンルームマンションから歩いて十分ほどの、「花の湯」というのどかな名前の銭湯だ。このあたりはJR駅裏の昔ながらの商店街で、銭湯にしては立派な設備の「花の湯」も、来る客はそうした店のお内儀さんや老人たち、ところどころに忘れられたように建っている古い木造アパートに住む、子連れの若い主婦たちだった。商店主や地主たちが税金対策に近年建てはじめた小綺麗な独身者用マンションに住むＯＬたちは、部屋に備えつけてある玩具のようなシャワーやバスタブに満足して、この銭湯にやって来ることはまずない。

香自身、この銭湯に気づいたのは最近のことだ。勤めの帰りは駅からいつも人気のない裏道を通っていたのだが、一度知らない男にあとをつけられて恐い思いをし、翌日から少々遠回りでも商店街をぬけて帰ることにしたところ、くすんだ街並みのあいだから、最近改装したばかりらしいピンクと薄緑のタイル張りの建物と、桜の花柄の暖簾が目にとびこんできた。そこだけが芝居の書き割りめいて、入浴というありふれたことをする場所なのに、ぱっくりと非日常への口をひらいている印象だった。

香はほどなく週に何回か「花の湯」に通うようになった。銭湯に行くのははじめての経験ではなかった。記憶がかたちを取りはじめる年ごろまで、内風呂のない借家に住んでいた香たちの家族は銭湯に通っていた。その記憶は、父が自転車の前後に香と幼い弟を乗せ、そのわきをまだ若い母が洗面器と着替えをもって小走りに走っている情景や、ほの暗い洗い場に流れる湯の音、といったおぼろな断片を、あとから塗り加えた印象がかろうじてつないでいる古びた画布のようなものでしかないが、それでいて胸の奥をかすかに甘く揺すぶる映像でもある。だがそうした種類の懐かしさを「花の湯」に求めていたわけではない。香がここに通いはじめたのは、おもにその真新しいサウナ室が気に入ったからだ。呼吸するのも困難な最初の数分間を我慢すると、それまでの不快な飽和感を破って突然流れ出す汗が、熱い空気と、角質を無数の鱗のようにそそけ立たせていた皮膚の境界面を和解させ、水の膜でからだのかたちをくまなく浮かびあがらせる。肉体という固体と、流れ、ついで蒸発する汗という液体と気体が、熱のなかで同時に触れあいながら分かたれていく新鮮な感覚だ。

しばらくしてサウナ室を出て水風呂に浸かると、こんどはからだがみるみる縮んで、渓流の澱みにじっとしている小さな魚にでもなった気がしてくる。目を閉じると、この一メートル四方ほどの水槽がどこまでも続いていて、いまにもちょろちょろと泳ぎ出せそうな錯覚に陥る。魚たちのつつましい脳は、限りない自在さの感覚で満たされているにちがいない。彼らはいく枚かの花びらに似た鰭《ひれ》をそよがすだけで、自らの重みを推力にしてなめらかに水脈を切りひらいていく。香はといえば、じきに派手な水しぶきとともに隣に割りこんでくる中年女性の巨体に押し出され、すごすごとサウナ室に舞い戻る。きっと彼女たちも、ありあまる脂肪の膨張と収縮の繰り返しから、習慣性の麻薬めいた快楽を汲み取っているにちがいない。

「花の湯」に通ってくる女たちは三種類に分類される。まず老女たち、ここに来るまでは、童話や昔話にしか登場しないと思っていた、正真正銘の老女たちだ。電車にも乗らず、コンビニエンスストアで買物することもなく、ましてや繁華街に出没することもない彼女たちに、香のようなＯＬ人種が遭遇する機会はまずない。彼女たちは申しあわせたように晩の八時ごろになると、それぞれの棲み家を出て、銭湯という唯一の社交場にやって来る。背骨は大きく曲がり、わずかに残った白髪をときつけて、小さな後頭部でさらに小さく豆粒のような髷にした頭を前方に低く突き出し、深く窪んでほとんど水平になったお腹の上に、干からびた乳房の先端を乗せている。彼女たちが歪んだ骨格に、それぞれ厚みは異なるものの、いくえにもまとった肉の襞をいっせいに揺らしながら洗い場と湯舟をよちよちと往復するさまは、七面鳥のようにユーモラスかつ荘重だ。かつてはそれぞれに美しいからだをしていただろうに、どのような力が持続的に加わればこのように変形してしまうのか。昔理科で習った地層の褶曲《しゅうきょく》という語をふと思い出す。彼女たちが浴槽の縁を注意深くまたぐとき、崩れたお尻の肉のあいだから、まばらな灰色の毛に覆われた、象の唇のように尖った性器が覗くと、何か恐ろしいものでも見たように、香はあわてて目をそらす。

つぎに、幼い子や赤ん坊を連れた若い女たち。彼女たちはたいてい香よりも若いくらいなのに、自分の肉体を操るすべを完全に会得している。短い時間にくるくると器用に赤ん坊を洗いあげ、洗い場のタイルに人形のように寝かせると、その兄弟の髪を洗ってやり、最後に自分の髪とからだを丹念に洗い、すみやかに引きあげていく。母もあんなふうにわたしたちを手際よく洗いあげたあと、長い髪を無心に洗っていたのだろうかと思うと、当時の母の姿が夢のなかの情景のようにほの白く浮かび、当時の母とほぼ同年齢の自分が、ただの気晴らしに銭湯に来ているのが何か浅ましいことに思えてくる。彼女たちの多くはまたもや妊娠していて、なかにはいまにも生まれそうにお腹のせり出した人もいる。そうした肉体の印象があまりに強烈なせいか、皆、博多人形のように無個性なおとなしい表情に見え、顔ではあまり区別がつかない。対照的にその下の肉体はひどくなまなましく、まるいチューブに詰めたアイスクリームのように、針のひと突きでなかみがまくれあがってしまいそうに張りつめて、生殖にかかわるもの特有の真珠母色の光沢を放っている。香はそのカラメルソース色の巨大な乳首や、赤紫の縦縞が何本も浮き出た腹部をついまじまじと見つめてしまう。彼女たちはひどく獣じみている。子供を周囲にまとわりつかせながら、過不足のない流れるような軌跡を描いて、不作法に見つめる香の前を平然とよぎっていく。そんなふうに野生の気高さを帯びた彼女たちが、脱衣所で服を着たところを見かけると、往々にしてうすら寒い下品な女にすぎなかったりするのだが。

最後に、四十代から五十代にかけての、文字通り脂の乗った中年女性たちの一団がいる。彼女たちの姿は洗い場ではあまりめだたない。ほとんどの時間を入り口脇にある畳三畳分ほどのサウナ室で過ごしているからだ。日本人には肥満が少ないなどというけれど、彼女たちは揃いも揃って肥満している。顔や頭をタオルで覆って、その下に圧倒的な肉の塊をさらしている姿は、高校の美術の教科書にあった、石器時代のヴィーナス像を思い起こさせる。それは乳房やお尻やお腹のまんまるな肉塊が紡錘形の房になった裸像で、なぜか頭部だけに横溝が幾本も平行に刻みこまれていた。たしか女性の豊饒性を誇張して表現した呪術的な像と習った覚えがあるが、美術の先生たちも「花の湯」のサウナ室を覗いてみれば、あれが誇張でも抽象化でもない、写実そのものだとわかるだろう。当時香たちは像の滑稽さを笑ったものだが、それでいて、ぐるぐると縄で縛られたように見えるその丸い頭部に不安をかき立てられた。人がふだん肉体を隠し、顔をさらすのとは逆に、覆い隠された顔の下で、肉体が石榴《ざくろ》のようにはじけている。だれでも顔をあんなふうにむりやり塞がれたら、閉ざされた闇のなかで首から下は化物じみて肥大しはじめ、世界と自分との境界の感覚を失ったまま、不定形な怪物になってしまうのではないか、と。

彼女たちには時間帯によっていくつかのグループがあるらしく、香が夜の八時過ぎに行くと、たいていはおなじ顔ぶれに出会う。彼女たちは銭湯に来るとまずサウナ室を覗き、檜板のベンチの上に小さなマットやタオルを置いて場所取りをする。そして備えつけの砂時計で時間を計りながら、十分おきくらいに水風呂に浸かりに行くほかは、のべ一時間ほども居座っておしゃべりを楽しむのだ。香は皆に軽く会釈するくらいで、おしゃべりに加わることはもちろんないけれど、なかにはいろいろと話しかけてくる人もいる。皆からサワさんと呼ばれているリーダー格の女性は、最初からこまごまと親切に世話を焼いてくれ、「さあ、もう十分たったよ、そろそろ水を浴びておいで」とか、「ほら、きちんと水気を拭いてから入らなきゃ、なかなか汗が出てこないよ」などと、新参者の香にサウナの入りかたを教えてくれた。二度目には眉をひそめて、「あんたのために言うけど、タオルかなんか敷いて座ったほうがいいよ」と忠告した。

「どうしてですか」と聞き返した香に、サワさんはサウナ室がいかに恐ろしい病原菌の温床であるかについて力説しはじめた。

「あんたねえ、考えてもごらん、このベンチにはありとあらゆる女のオロがしみこんでるんだよ」

そのときはたまたま、香たち以外には隅っこにタオルをかぶった人がひとりいただけだたが、サワさんは必要以上に声をひそめ、「オロ」という単語の箇所では、中学生に発音を教える英語教師のように思いきり唇をすぼめて突き出し、そこから漏れる息に力をこめた。その語が香のなかで「悪露」という漢字に変換されるのにやや時間がかかったのは、字面では見た記憶があっても、実際に他人の口から聞いたのがはじめてだったせいだが、サワさんの口調と表情は、もはや使い途のなくなった女たちの生殖器官が排泄しつづける有害な汚物の具体的イメージを、まざまざと描き出してみせたので、香は思わず濡れた檜板から腰を浮かせそうになった。

「いったいどんな病気をもらうかわかったもんじゃない、あんたまだ若いんだからね、気をつけたほうがいいよ」と念を押され、香はすっかり怖じ気づき、それからは忘れずにお尻の下にタオルを敷いた。タオルは自分の汗ですぐにぐっしょり濡れてしまい、はたして黴菌から身を守る効果がどれほどあるのか疑わしく、むしろたっぷりとそこに含まれた無数の黴菌が、浸透圧の作用でどんどんと自分の性器の空洞に吸いあげられていくさまが想像されて、香はまたしても不安になった。だがタオルを敷くのをやめると、またたれかに注意されるので、とうとう近所のホームセンターで一人用の小さなお風呂マットを購入して、忘れずにもっていくようにした。お尻の下に何かを敷くことには、彼女たちの信じる衛生上の理由のほかに、お尻のもち主の存在をアピールする役目もあった。何も敷いていなければ、水を浴びて戻ってくるあいだに席が取られてしまっても文句は言えないわけだ。ここには一定の流儀があって、それに違反することは許されない。彼女たちから見れば多少目ざわりな部外者である香には、よけいその流儀を遵守する義務があるらしかった。

香がサウナ室の常連になってほどなく、奇妙な試みが流行しはじめた。中年女性たちはサウナ効果を倍増すべく、またおそらくは病原菌から身を守るべく、業務用らしい大型のポリ袋で全身を包むようになったのだ。サウナ室に入ってくるなり、彼女たちはやおら透明なポリ袋をひろげ、両足を袋の底に突っこんで引っ張りあげ、脇のあまった部分を胸の前で折り畳んで乳房のあいだに挟みこむ。そのさまは巨大な幼虫が蛹化するのに似ている。おなじ恰好の彼女たちがずらりと並ぶと、たちまちそこは地中深くに掘られた地蜂の巣ともいうべき幻想的な場所と化す。じきに袋を伝って流れてくる汗が足もとに水溜まりをこしらえはじめ、彼女たちはとちゅうで水をあびに出ていくときにも、つかのまの抜け殻から貴重な液がこぼれないように、細心の注意を払ってベンチに立てかけておく。そうしてガサガサ音を立てて何回か蛹化を繰り返したのち、いよいよ最後に出ていくときになっても、彼女たちはやはりころころ肥った芋虫のままなのだが、自分が美しく変態を遂げた証拠とでもいうように、脱ぎ捨てたポリ袋を手慣れたしぐさでしごいて一隅に汚水を集め、嬉々としてその量を較べあうのだ。

「ほうら、見てごらん、こんなに溜まったよ」サワさんはポリ袋の上部をくるくるとひねりあげると、優に五〇〇ccはあろうかという茶色い液体を得意そうにかざして見せる。

「よくもまあ、ちょっとの間にこんだけ出るもんだねえ」

「ほんと、あんたにはかなわないわ、あたしなんてせいぜいその半分」皆は口々に感嘆する。

「入る前にたくさん水を飲んどくんだよ、汗の出かたがもう全然ちがうから」

「ちょっと待ってよ、サワさん、わたしもいま出るからさあ、較べてみようよ」

成果がはっきりとかたちに現われることで、彼女たちの意欲はいやがうえにもかき立てられる。

狭い空間にひしめく同性どうしの裸の馴れあいとあけすけな競争は、肉体の質の相違を別にすれば、高校時代の女子更衣室そのままだ。あのとき同級生たちが競いあっていたのは、自分が恋人たちにどれほど愛されているか、つまり自分の肉体の商品価値だったわけだが。

「ねえねえ、聞いてよ、きのうはさあ、もうすごかったんだからあ」

「えーっ、うっそーぉ、この不良、よくそこまで行っちゃうねえ」

「もうあんたには負けるわ、わたしんとこなんか、まだぜんぜん」

「ちょっと待ってよ、わたしの話も聞いてってたら、わたしの彼もさあ……」というぐあいに、話題はちがっても会話はそっくりおなじだ。恋人たちといっても、出会い系サイトなどなかった当時、相手は同級生かクラブの先輩、せいぜいが家庭教師の大学生で、たまに会社員とつきあっている子がいたりすれば、皆がこぞって話を聞きたがった。恋人のランクは相手の年齢、身分、車をもっているかどうか、などによって判定され、下位のランクの恋人に甘んじている子は、つぎつぎと相手を代えることで対抗した。そこそこまじめに受験勉強に精を出し、ボーイフレンドもいなかった香にとって、彼女たちの描き出す熟練した恋人の姿と、教室での愚鈍そうな同級生の男の子たちとのギャップは不可解なものだった。香は話を適当に合わせているだけで、内心は嫉妬と軽蔑の入り混じった嫌悪感でいっぱいだったのだが、それでいて、化粧の匂いと体臭の澱んだ空気をくぐもった笑いや嬌声がかき混ぜ、裸の腕や腰がこすれあい、こづきあい、はじけあうあの場所に身を置いていると、むりやりに刺激されるようなちりちりする気分を味わうのだった。顔はきれいな子もそうでない子もいたが、からだは皆似通っていた。くびれた胴体にぴっちりと肉が充塡されて、どこを切断しても完全な円形の切り口を見せそうだった。恥ずかしいからと彼女たちはわざと蛍光灯をつけず、窓の厚手のカーテンを引き、隙間からさしこむ光にコンパクトをかざして、口紅を引いたり腋の窪みに甘くどい制汗スプレーをふりかけたりした。淡黄色の光の帯を横切る埃の粒子が、きらめきながら彼女たちのからだにまといつき、表面にうっすらとかいた汗に吸着していくのを、香は軽い吐き気をこらえながら盗み見た。

もちろん壁ぎわには嫉妬深く聞き耳を立てながら黙々と体操服に着替える醜いからだの子たちもいて、その醜さはまばゆいグループとは対照的にそれぞれ個性的だった。愛され、皮をなめすように愛撫されて艶を出されることで、からだは皆似通ってくるとでもいうかのようだった。部外者たちをなかば意識することで、彼女たちのおしゃべりにはいっそうの熱がこもり、香はどちらの側にも属していないと示すために、どちらにも愛想よくふるまわねばならなかった。

「香はどうなのさあ、ひとの話聞くばっかりでえ、まだ彼氏できないの」とたまに自分に話が振られることもある。

「だめだめ、聞くだけムダ、香はお勉強ひとすじよ。男なんて興味ないって」

「ピンポン、ピンポーン、男なんてねえ、いい大学に入ったら自然に群がってくるもんなの」安全な役柄に逃げこめば口も軽くなる。すこしも思っていないことをしゃべるとき、舌はあくまで軽く、くるりくるりと回転する。「あんたたちね、そんな若いうちから男に狂ってたら、早く老けこむのがオチだよ、あたしは遅咲きの花なんだから。いまは、つ・ぼ・み」

「おーお、言ってくれるじゃん、優等生」

「咲かないうちにしぼんで落ちちゃったりして」

ひやかされて、えーんと小さい子供の泣き真似をすると、皆は笑い、それでこの話題はおしまいになる。彼女たちがあんなにヒステリックに、せき立てられるように愛を求めて競いあっていたのは、自分たちの賞味期限を十分自覚していたからだ。だが賞味期限などとうの昔に過ぎ、手の施しようもなくなった肉体にかまけて、飽くことなく奇妙な儀式に没頭する女たちがここにいる。そしてあれからもう十年にもなるというのに、香の状況は当時とたいして変わっていない。サウナ室の女性たちも、自分たちの何十年か前の更衣室をそっくり再現して楽しんでいるわけで、香はといえば、当時もいまも同性たちの肉体に圧倒されながら、隅っこで小さくなっているのだ。

サウナ室と女子更衣室にはもうひとつ違いがある。それは臭いの不在ということだ。サウナ室の高温は人間の嗅覚の限界を越えているため、いっさいの臭いが消えてしまい、悪臭芬々のはずの場所は、美容と健康増進のための聖域と化す。サウナ室が突然常温になったら、だれもが一刻も我慢できずにとび出してしまうだろう。身体からとめどなく流れ落ちる汚水や悪露や、夕食の食べかすだらけの口など、それらすべては臭うから恥ずかしいのだ。マスクをさらにプラスチック板でガードした歯科医が、他人の口に平気で指を突っこんでかき回すのとおなじように、彼女たちも自分たちの分泌した汚水の量を比較しあったあと、檜板の床にそれを無造作にぶちまける。

この奇妙な流行が広まってから数日後、たまにしか姿を見せない初老の女性が、皆の足もとでビニール袋をあけたサワさんを見とがめて、「外に捨てに行きなさいよ、汚いじゃないですか」と注意した。

「文句を言われる筋合いじゃないと思うけどね」一瞬の白けた沈黙のあとで、サワさんは猛然と反撃に出た。「あんただって結局はおんなじことでしょうが。汚いものをいっぱいからだから出してるんだから」

「そうだよ、目に見えるか、見えないかのちがいだけなんじゃないの。まとめて捨てるだけ、こっちのほうが衛生的なくらいだよ」と隣の女性も加勢する。

「どういう神経してんだろうね、このひとは。あたしたちがせっかく気分よく入ってるっていうのにさ」

「ご自分だけはきれいな汗をかいてると思ってるんだろ」ほかのいくつもの口も、こぞって憎々しげにその女性めがけて突き出される。彼女はひるむでもなく「衛生とか、そういう問題を言ってるんじゃありません。見た目が汚らしいからやめなさいと言ってるんです」と言い返した。

この女性は以前から香の注意を引いていた。いままでに数回見かけただけだったが、たいてい一番奥の炉のそばにきちんと膝を揃えて座り、その上に両手を乗せて、瞑想しているかのように目を閉じていた。常連たちよりもかなり年上で、六十歳前後だろうか。肉体労働をしている人らしい、引き締まった骨太の体格で、薄い乳房を乗せた、ほとんど痩せこけたといってもいい浅黒い上半身をまっすぐに保って瞑目しているさまは、どことなくアジアの苦行僧を思わせた。この人がいるときだけは例の騒がしいグループもこころなしかおとなしくなる。彼女は苗字なのか名前なのか、皆からタキさんと呼ばれていた。直接呼びかけられるのではなくて、本人がいないときによく声高に悪口めいた噂をされていたのだ。そうした話から香はタキさんの身の上を断片的に知るはめになった。近くの病院で介護職員として働いていること、若いころに離婚して、女手ひとつで育てあげたひとり息子を、何年か前に飛行機事故で亡くしたことなど、それは皆のワイドショー的興味をそそらずにはいないドラマチックな境遇だった。たしか国内航空便が個人のセスナ機と接触して墜落したあの事故の現場は、直線距離にすればここからさほど遠くない山中のはずだ。香が本社からここの支社に来るずっと以前のことだが、犠牲者数十名というかなりの規模の事故だったので、よく覚えている。
　密室では十分という時間は短いようで長い。最初に汗が出はじめたときの、世界と自分の境界が確認される先から蒸発していく解放感が、ふたたび苦痛に転じるぎりぎり手前までのワンクールが十分なのだ。その生理的リズムにいったん乗ってしまうと、とちゅうで変更はできず、十分間は聞きたくない話も聞かなければならない。いやいや聞いているはずの噂話に、それでも耳をそばだてときには想像を膨らませてしまう、そんな自分がうしろめたくて、たまにタキさん本人を目の前にすると、わけもなく恐縮してしまう。その繰り返しだった。そしてタキさんはいっそう、孤高と呼んでもいいような印象を深くする。

　ひと悶着あったその翌晩も、香は「花の湯」に出かけた。例のグループは全員がゴミ袋にぴったりと包まれ、顔に白いタオルをかぶって行儀よく並んでいる。死体置場に一瞬思えて足がすくむ。冷却装置が故障して、それまでチルド状態で保存されていた死体たちが凄まじい勢いで腐敗しはじめ、いまにも破裂せんばかりに膨れあがって湯気を立てている。顔だけを縄で何重にも縛られて殺され、腐敗と分解に委ねられた石器時代のヴィーナスたち。

「戸、開けといて、十センチだけ」

香が扉を閉じたとたん、その音を聞きつけて、タオルの下から突然死体のひとつが叫ぶ。そういえば香が入ってくる前、扉はわずかに開いていた。そのときの正確な角度を思い出しながら、香はあわてて扉をひらく。

ゴミ袋方式をこぞって採用しはじめて以来、百度に設定されたサウナ室の温度は彼女たちにとって耐えがたいものとなったので、十センチだけ扉を開けるという暗黙のきまりが作られ、部外者といえどもそれに従わねばならなかった。香は恐縮したまま彼女たちの並ぶわずかな隙間にからだを滑りこませた。あたりはふたたび完全な沈黙に戻り、香も頭をからっぽにして、汗がバターのようにからだを溶かし出す瞬間をひたすら待ちわびる。

じきにまたひとり、グループのメンバーが入ってくるなり、「ああ、よかった、きょうはタキさんいなくって」と陽気に言い放つと、それを合図に皆はつぎつぎにタオルをはずし、いままでの仮死状態を取り戻さんばかりの勢いでまくし立てはじめた。

「あれだけ言われたら、さすがのあの人も来にくいわ」

「ほんと、あの人にはうんざり。わたしだってきょうあの人来てたらサウナやめようって思ってたよ」

「きのうばっかりじゃないよ。こないだもさあ、ちょっと戸を開けといてって頼んだら、もうすごい剣幕でね。ごちゃごちゃ言い出してあんまりうっとうしいから、あたしの方が出てったんだよ」

「へえ、サワさん出てったの。それじゃあの人もちょっとはこたえたでしょ」

「むり、むり、あの人ちょっと普通の神経じゃないんだからさあ」サワさんは、頭の横に人差し指を当ててみせさえした。

「このサウナはあの人ひとりのもんじゃないよ。いったい自分を何様だと思ってるんだろ」

「やっぱり、あれか、あの人がおかしくなったのは、あの飛行機事故のせいなの？」だれかのこの問いに、皆の気勢はやや削がれる。

「さあねえ、あの人がこっちに引っ越してきたのは事故のあとだから、そりゃわかんないけどね。なんでもその前は九州にいたらしいよ」

「それって、なに、やっぱり事故の現場のちょっとでも近くにってことなの？」

「どうだろ、そうなんじゃないの。まあちょっとくらいおかしくなっても無理ないよ。なんせひとり息子だったんだから。考えてみれば気の毒な人だよ」と、それまで急先鋒だったサワさんも、すっかりしんみりしてしまう。

「でもさあ、飛行機事故ってのは、すごい額の賠償金をもらえるっていうじゃない。あの人なんか、すごいリッチなはずだよ。なにもこんな場末の銭湯に来なくってもさあ、自分ちに立派なサウナ作ればいいのにさ」

「あーら、あんた知らないの、あの人には一銭だって入らなかったんだよ」

彼女たちの噂話には蠅の唸りのような一種の波があって、金銭の話題になるときまって勢いを取り戻す。

「まさか、そんなはずないよ。人にたかられるのがいやで、そう言ってるだけじゃないの」

「それがほんとらしいよ。人に聞いた話だけど、事故のちょっと前に息子さん結婚したんだって。だから賠償金は全部奥さんのほうに行ったらしいよ」

「へーえ、ちょっと、そんなことってあるの」

「法律上はそうなっちゃうんでしょ」

「それは嫁が悪いよ、それはないよね」一転、空気はざわざわとタキさんへの同情に傾く。相手があのタキさんだからこそ、嫁もそんな仕打ちをしたのだ、と言う者もいるが、息子をもつ母親たちは、毎回話がこの強欲非道な嫁のところまで来ると、それまでの悪口を引っこめてしまう。香がタキさんの悲劇が語られるのを聞くのはこれでたしか四度目だが、顔ぶれが多少ちがってもこのなりゆきは判で押したように変化がない。それなら最初から悪口を言わなければよさそうなものだが、そうはいかないらしい。

「ねえ、あんたはまだ若いけどさ、どう思う」突然話は香のほうに振られてくる。「あんたが嫁さんだったら、賠償金ひとりじめするかい？」

「さあ、ええと、ふつうしないと思いますけど」それまで聞いていないふりを装っていた手前、香はばつの悪い思いをするが、だれもそんなことは気に止めない。賠償金はおそらく億とか、想像を超えた金額なのだろう。そんな大金を手にしたら、自分も想像を超えた変化を遂げてしまうかもしれないと思いつつ、「まあ、事情にもよりますけど、お姑さんと半分こってとこでしょうか」と自信なげにつけ加えると、「そうだよねえ、やっぱし半分半分だよねえ」と皆いっせいに肥った首を窮屈そうに前傾させる。不在の人間の噂話に加わるうしろめたさを押して、香は「そのお嫁さんには子供はいたんですか」と聞いてみる。

「さあねえ、どうだったんだろ、ねえ、あんた知らない？」

「聞いてないねえ。結婚して間がないってんだから、たぶんいなかったんじゃないの」

「そりゃね、孫がいたらぜんぜんちがうよ」

「そうそう、気持ちがね。嫁に全部取られちゃうのと、孫にその金がいくんだと思うのとじゃ、まるでちがうってもんだよ」皆は口々に言う。

「どっちにしても、息子なんてほんとつまらないね。長いこと苦労して、金も手もかけてやっとのことで一人前にしたかと思えばさ、若い娘にそっくりおいしいとこをさらわれていくんだからさ」

いつもながらの結論に「そうそう、まったくね」とまたもいっせいに首が丸い肩に喰いこむ。

「ほんとだよ。タキさんなんて、息子のきれいな思い出が残るぶん、わたしよか幸せだよ。うちの息子なんか、嫁といっしょになってわたしにひどい仕打ちをしてるんだから」

「この人んとこはいいよ、ふたりとも娘だもん、うらやましいよ」

彼女たちの想像力は、自分をめぐる短い半径のなかをぶんぶん唸りをあげて永遠にどうどうめぐりする。「人にたかられるのがいやで」とさっきだれかが言っていたけれど、「たかる」という表現は人を蠅に変えてしまう。蠅は嗅覚だけが鋭くて目標を見つければ勢いよく飛ぶけれど、その距離はたかが知れている。あの事故以来、タキさんにたかったおびただしい数の蠅たちを思うと、香は自分もちっぽけな小蠅の一匹になった気がする。タキさんだけが、その高い頬骨と尖った鼻梁から連想される鷲のように、あの飛行機の軌跡を追って、幾度も空の高みをへめぐったにちがいない。

「花の湯」に通いはじめるすこし前までつきあっていた知也と別れようと決めたのは、より夢中になっていたはずの香のほうだった。そうして彼が自分の前からいなくなってしまうと、いっときあれほどいとおしく思えた彼のすべては、夢が目覚めるが早いかたちまち色褪せていくように、意外なほどあっさり風化していった。なにもあんなに性急に別れることはなかった、と思うときもある。彼に別の女性の影があったことが直接の原因だったが、それだってほんとうに好きなら、他にやりようがあったはずだった。彼は香より五つ年上で、系列会社から出向してきて、この春まで一年間香の会社で働いていた。ふたりははたから見ればいつ結婚してもおかしくないカップルだった。だが結婚の話題がふたりのあいだに出たことはなく、どちらも自分たちが長くつづかないと薄々感じていた。

それまでボーイフレンドがいなかったわけではない。「いい大学」に入って、たしかに男はあるていど群ってきた。だがたいていはプライドだけ高くて、女の子の扱いなどまるで知らず、高校の同級生たちの彼氏より、むしろ男としてランクは下かと思われる連中ばかりだった。香が大学で学んだことのひとつは、男の知性と魅力はほぼ反比例するということだ。たまにいい男がいても、香のような地味なタイプには目もくれなかった。そんなわけで、昨年の春、知也が熱心に声をかけてきたときには有頂天になった。彼は知性と容貌と性格の良さをバランスよく備えた稀有な例だったのだ。だが、三度目のデートで誘われるままに寝てからというもの、今度は、少年ぽくさえ見える優しげな印象と、性を扱う熟練した手つきとのアンバランスさが、香にとって彼のほんとうの魅力になった。

彼はいつも道具を使いたがった。「どうしてそんなもの使うの」とあるとき聞いたら、「ただやるだけじゃつまんないでしょ。それじゃ犬とか動物とおなじレベルだ」と言って笑った。彼は香に目隠しすることも好んだ。あのヴィーナス像のように。女たちが内部に閉ざされることでより熱を帯び、複雑に入り組むことをよく知っていた。週に一度はジムに通って肉体の手入れを怠らず、三十を過ぎても無垢な笑顔をもっていたが、ふつうのしかたでは女性を愛せないという点では老人に似ていた。そして犬のような性交を軽蔑しながらも、自身では知らず知らず犬の訓練士になっているのだった。香はすぐに技を覚える優秀な犬ではなかったが、たぶん彼が多くの候補者のなかからわざわざ彼女を選び出したのは、ほとんどまっさらな、見るからに不器用で硬い感じの女だったからだということが、いまとなっては香自身にもよくわかる。

「ぼくは必ずしもいろんな女とやりたいわけじゃない。でも香とはいろんなことをしてみたい」と知也は言っていた。

「ふたりで性の奥義をきわめる?」と冗談めかして聞くと、「そう、きわめるタイプなんだ」と屈託なく笑う。「すくなくとも香についてはすべて知りたい。気に入った本みたいに、何度も繰り返して読んで、どのページに何が書いてあるのか全部暗記したい」

「世界は一冊の書物である、ってだれか言ってたっけ」

「そう、香も一冊の書物。そしてこの本のなかにすべてが書きこんである」と知也は香のブラウスのボタンをはずしにかかる。布地をつなぎあわせたり、切り離したりするボタンはセクシーだ、と知也は言う。ぼくに会うときはいつもボタンのついた服を着てくれ、頼むから、トレーナーとかTシャツとかは着ないでくれ、という知也の意見を尊重して、彼とつきあい出してから薄地のシャツやブラウスを何枚か買った。彼の手入れのいい硬い指先が、しゅっと衣ずれの音を立てて布の重なりの隙間にさしこまれてくると、香の血管の内部がいっせいに泡立ち、めまぐるしく全身を回りはじめる。布地越しに愛撫されることで、皮膚自体がもう一枚の布になり、衣服を一枚ずつ剝がされて裸にされてしまったあとも、柔らかくこすられながら内部へ向けて皮をつぎつぎむしり取られていく気がする。本のページが一枚ずつめくられて、ついには読み終えられてしまうのとおなじく、最後まで剝かれたあとにはぽっかりと空虚しか残らないのか。それともアステカ人が神殿の頂上で生贄の身体をひらき、ゼリーのようにふるえる赤い心臓を太陽にさし出すように、目で見、手で触れることのできる実体がそこにあるのか。それをじかに感じるということが、死ということなのだろう。でも、彼とつきあっていた半年ほどのあいだ、香は閉ざされたなま臭く暗い迷路のなかをただ引き回されているだけだった。マタドールによって、わざと急所を外され、死の外縁をながながとめぐらされる牛のように。

土曜の午後三時。ちょうど「花の湯」の開く時間だ。この日は朝からすばらしい天気で、洗濯をし、布団を干し、部屋の掃除をして、とてもいい気分だった。あとはまっさらのお湯で自分のからだをきれいにするだけだ。銭湯に行くしたくはそこで過ごす短い時間のわりにはかなりものものしい。洗面器にシャンプーとリンス、「花の湯」に通い出してから買い揃えたセルロイドの石鹸入れや軽石、タオル類、ブラシや髪止めのゴム、化粧水の壜など、ひとつでも忘れると不自由するものばかりだから、よくよく注意して、専用の向日葵の花柄のビニールバックに全部詰め終えると、これから小旅行にでも出かけるみたいに、よし、という気分になる。

こんなに早い時間に銭湯に来たのははじめてだった。高い窓から射しこむ日射しのせいで洗い場はむしろ翳って見え、浴槽の底が水面を反射して、淡い金色の網を揺すってきらめいている。おばあさんが数人いるだけなのに、たがいに顔見知りらしい彼女たちの遠くから呼びあう声が、湯の流れる音を縫ってひどく大きく響きわたる。

香は浴槽にゆっくりとからだを沈める。水のゆらめきを通して見る肌は、ふだんにもまして青く見えるほどに白い。プロポーションにも容姿にもたいして自信のない香にとって、唯一自慢できるのが肌の白さだったが、それだけに水蜜桃のようにいたみやすく、すこしぶつけたくらいで青痣になっていたりする。知也はそれをよく知っていて、香のからだにいろんな痕跡を残すことに執着した。知也にとって香のからだは読むべき書物というよりも、むしろ白いキャンバスとして魅力的なのだった。痕跡はその場ですぐにできるのではなく、翌日に鮮やかな赤が浮かび出、時間を経て紫に、さらに薄緑へと輪郭をぼかしながら褪色していく。知也は自分のつけたしるしを見ると、香がいとおしくてたまらなくなるらしかった。香の肌はふたりで過ごした何種類かの時間が混在する織物となり、彼は時間差を計算しながら色を重ね、望みどおりの模様をあぶりだそうと熱中した。「きれいだよ、大理石の模様みたいだ」と満足げに自分の作品を鑑賞しては、「ひとりでいるときも、これを見ると思い出すだろ」と耳もとで囁き、香の耳は彼の湿った息と声をじっとりと吸って、多肉植物の葉のように重くなる。いま思い出すと鼻白むせりふでも、ふたりだけの世界では呪力を帯びていた。彼の言うとおり、あの当時、ひとりでいるときも香の時間は知也にいくえにもからめ取られたままゆっくりと過ぎた。彼女は紫の筋が撚れて縞になった自分の手首や、桃色の花びらを散らしたような乳房を目にするたびに当惑した。むりやりに、何かの動物の皮を着せられたような気がした。その皮のなかに縫いこめられ、すこしずつ窒息していくようでもあった。冬だったからまだよかったものの、夏になってもこの調子なら、夏らしいおしゃれを楽しむこともできそうになく、銭湯に行くなどとても考えられなかった。最後のころは、週末、知也に会う前にからだを洗うという行為が、強迫観念的な儀式になり、洗っている自分の手指が数時間後にそこをなぞっていく知也の指に重なり、自分のからだであって自分のからだでないようなぎこちなさにとらわれた。からだの隅々を調べあげ、耳殻のなかの軟骨の窪みにいたるまできれいに磨きあげなければと思いつめ、すこしでも腕を伸ばせば壁や天井にぶつかってしまう狭いバスルームに閉じこもって長い時間を過ごしたあげく、ぐったり疲れて出てくるのだった。知也と別れ、からだの痕跡がすっかり消えてから「花の湯」に通いはじめると、自分のためだけにからだをきれいにするということがなんだか嬉しかった。

湯からあがるとタオルで水分を拭い、サウナ室に入った。扉を開けて、だれもいないと思った瞬間、奥にいたタキさんと目が合った。「こんにちは」とていねいに挨拶した。きょうはだれに対しても礼儀正しい気持ちのいい人間でありたかったし、相手がタキさんとなればなおさらだった。タキさんはかすかに頬を緩めてうなずいた。さすがの彼女もゴミ袋軍団の執拗な敵意に辟易して「花の湯」に来る時間帯を変えたのだろうか。それともたまたまきょうは病院の仕事が休みなのかもしれなかった。しばらくしてタキさんは立ちあがり、「お先に」と声をかけて出ていった。

サウナ室でひとりきりになるのははじめてだった。自由だった。目を閉じ、からだの内部に神経を集中すると、やがてふつふつと沸騰がはじまり、無数の毛穴がほぐれひろがり、汗の膜が大きな舌になって全身を舐めつくす。高校時代の同級生たちは、他人の視線を愛撫に変えてこれみよがしに身をくねらせていた。わたしは彼女たちのように他人をあてになどしない、だれの指も借りることなく、自分で自分を、それも発汗作用という生理現象によって愛撫しているのだから。でもそれが自由ということなのだろうか。知也と別れたことでほんとうに自由になったのか。肥った中年女性たちも、だれにも愛されなくなったからだをゴミ袋に密封し、茶色い汗を出して解凍していく食肉と化して、緩慢なマスターベーションに耽っている。

いつもよりつい長い時間座っていたので、立ちあがるとふらふらした。香はサウナ室を出て水風呂に浸かった。きゅうっと音をたてて肉が収縮していく。でもからだの奥に冷気が浸透してくるには時間がかかる。熱と冷気のせめぎあいに頭の芯が痺れ、プリズムを覗くようにものの輪郭が虹色にぶれて、世界がすこし歪んで見える。水からあがろうと上半身を勢いよく出すと、ひどくからだが重く、つづいて視野がさあっと暗くなった。浴槽の縁を何とかまたいだまでは記憶しているのだが、そこで一瞬意識がとぎれ、つぎに気がついたときには、光を背にしたタキさんの顔が真上に覆いかぶさり、暗いふたつの目にじっと見つめられていた。どうしたの、だいじょうぶですか、と目の前の唇が動くのがはっきりと見えるのに、声そのものは分厚い膜を通してどこか遠い場所から響いてくる。脇腹から太腿にかけて冷たいタイルの感触があり、どうやら浴槽のそばで横座りに崩れる格好で倒れてしまったらしい。

タキさんはすぐに番台にいた女性を呼び、ふたりで香の両脇を支えて脱衣所に連れて行ってくれた。その「花の湯」の女主人らしい小肥りの中年女性はしんから当惑したようすで、「困るんだよねえ、うちのサウナで気分が悪くなったって言われてもねえ、体調の悪い人はご遠慮願いますって書いてあるんだけどねえ」と暗に香を非難する口調でぼやいたが、タキさんは「軽い貧血を起こしただけですよ。最近の若い人には多いのよ。なにもあなたが心配することないでしょ」とぴしゃりと言って彼女を黙らせたばかりか、香のタオルを取ってきたり、からだを拭いたりと、てきぱきと世話を焼いてくれた。

タキさんの言うとおり、香はすぐに元気になり、バスタオルをからだに巻いたまま籐の肘掛椅子でしばらく休んでいたが、タキさんはそのあいだも「倒れたときどこも打っていませんか。頭は痛くない？」といろいろと気づかってくれ、そばを離れようとはしない。香は恥ずかしさに身の縮む思いで「もうだいじょうぶです。サウナに入りすぎて、ちょっとくらっとしただけですから」とおろおろと繰り返した。

「まだゆっくり休んだほうがいいわよ。服を着たら家まで送っていってあげるから」とまで言われて、「そんな……だいじょうぶです。ほんとにもう何ともありません」と香はいっそう恐縮したが、タキさんは結局香について「花の湯」を出た。香のマンションの場所を聞き、歩いて十分ほどかかると知って、自分の家に寄って休んでいくように言ってきかなかった。彼女の家は「花の湯」の斜め向かいだという。

「あなた、まだ顔色が青いですよ。こんなかんかん陽の射すなかを歩いていって、また気分が悪くなったらどうするの。ねえ、悪いことは言わないから、わたしのところで何か冷たいものでも飲んでいきなさい。ねっ、そうなさい」

うむを言わさない調子は、親切を通り越してすこし執拗な感じがした。その年代にしては彼女は長身で、香とほぼおなじ背丈だった。香の目とちょうどおなじ高さのところにタキさんの一対の目があり、深い皺を幾本も刻んだ厳しい印象の顔のなかで、穏やかな光をたたえていた。それがあまりに穏やかな動かない視線であることが香を不安にした。ほとんど赤の他人といってもよい人間から、これほど見つめられる経験ははじめてだったし、親しい友人や同僚からも、こんなふうに見つめられたことはなかった気がした。知也の瞳は香を見つめるとき、いつも裏箔を張られたように曇り、反転して自分の内部の欲望だけを照らすのだった。タキさんのまっすぐな視線は周囲の夾雑物を消し去り、手やからだで触れあうことなくじかに香のなかに入ってくる。香もいやおうなく、おなじだけの時間タキさんの目を見返すはめになり、意識するより先に「はあ」と小さくうなずいた。

タキさんの家はわりに新しい賃貸アパートの一階にあった。通路の一番奥、「多木」とマジックで横書きにした紙がプレートに挟んであるだけの簡単な表札の前で彼女は立ち止まり、「タキ」というのは「滝」じゃなかったのか、と香が思っているうちに鍵がカチャリと回った。

飛行機事故はたしかもう四、五年ほど前のことで、現場から最寄りの都市であるここでさえ、その記憶は色褪せてしまっている。だが、多木さんにとって、時間はその時点から止まったままであるにちがいなく、扉の向こうは死者の痕跡のなまなましい空間であるはずだった。すくなくとも狭い部屋には不釣り合いに大きな仏壇があるのだろう。多木さんを喜ばせてあげるために、自分から仏壇に詣らせてくださいと申し出るべきなのだろうか、それとも彼女の事情を一方的に知っている者としては、知らないふりを決めこむほうが礼儀に適っているのだろうか。

香の予想は裏切られた。狭い玄関に立って内部の間取りをすばやく見回してみたが、ダイニングキッチンと続きの六畳の和室のどこにも仏壇らしきものは見当たらない。

「まさかお客さんが来ると思わないから、散らかってますけどね」と多木さんはすこし照れ臭そうに言ったが、部屋のなかは掃除したばかりらしく、床はきちんと片づけられ、和室の窓のなかば開いた朽ち葉色のカーテンの向こうでは、いっぱいの洗濯物が西日を受けてゆるくはためいている。多木さんが自分とおなじような休日の過ごし方をしたのだと思うと、香は何がなし胸を突かれた。

多木さんは押入から客用の座布団を出し、和室の座卓の前に置いて愛想よく勧めた。さきほど香の体調をあれほど気づかったようすからすれば、布団でも出して「横になって休みなさい」と命令してもおかしくないくらいなのに、まるでそんなことは忘れたふうで、どことなく若い娘を家に迎えいれてはしゃいでいるようなところさえ感じられ、

「何か冷たいもの飲むでしょう。サウナにはいるとほんと、喉が渇くわね」といそいそと台所のほうに行く。

「どうぞお構いなく。すこし休ませていただいたらすぐにおいとましますから」と口先では言いながら、香は無遠慮に映らない程度に周囲をざっと眺め回し、むしろいまは自分のほうが積極的に何かの痕跡を探し出そうとしているのと気づく。それはすぐに見つかる。玄関からは襖の蔭になっていた丈の低い和箪笥の上の、銀縁のシンプルな写真立て。それが特別な写真であることは、斜め前に置かれた藍色の切子硝子のコップに、紫陽花の花冠の部分だけが挿してあるのでもわかる。香はもっと間近に手に取って見たいという衝動に駆られるが、それが光に満ちた戸外で、ごく若い、少年といってもいい男の上半身を撮ったものであり、彼が白いヨットパーカーを着て眩しそうに目を細め、カメラを手にしただれか、おそらくは友人に屈託なく笑いかけていること、面長の、中高い顔立ちが多木さんによく似ているが、唇や顎のあたりの線がはるかに柔らかいことなどは、ここからでも見て取れる。

「これはね、わたしの息子なんですよ」いつのまにか香のそばに戻っていた多木さんが、歌うように優しく言う。それは適齢期――男にもそんなものがあるとして――にさしかかった自慢の息子をさりげなく話題にのぼせようとする母親の気づかいを示しているようで、香は思わず「すてきな息子さんですね。おいくつのときの写真ですか」とまんざらお世辞でもなく言い、後半の質問の部分がひどく残酷な意味を帯びてしまったと狼狽する。

「これは学生時代。息子はボート部にいたから、その練習のときだと思うんだけど」と多木さんはさらりと答える。

この光の強さは、水面が近くにあるせいなのだろう。カラー写真なのに、画面の半ばを占める白いパーカーが光を反射して、ほとんどモノクロのように見える。ある夏の圧倒的な光から薄く削ぎ取られ、雲母の鉱物標本のように固定された写真が、いまもあっけらかんとした貪欲さで光を吸収しつづけているかのように、まだ日没まで間のある部屋のなかはむしろ薄暗く感じられる。香は軽い麻痺感にとらわれて、いちいち意識的に努力しないと視線やからだを動かすことができない気がする。その麻痺感が逆に焦りを誘って、「仏壇があれば詣らせていただくんですが」とうっかり口を滑らせる。

「仏壇はありませんよ。あの子が死んだとわたしは思ってませんから」と多木さんはにべもなく言い放ち、すぐに思い直したように優しい声で「息子のことは知ってますよね。あそこに来るのはおしゃべりな人が多いから」と言う。

「すみません。飛行機事故で亡くなられたと聞いたものですから。ほんとうにお気の毒でした」とうなだれる香に、多木さんは苦笑しながら、「だから死んでないって言ってるでしょう。あの子はねえ、生きてるんですよ。頭がおかしいと思われるとやっかいですから、人には言いませんけどね」と、いたずらっぽく、香のことをからかっていると
も取れる口調で続けるのだ。

だがそんなはずはない。そのあと多木さんの話したところによれば、息子の健一さんは、お盆休みに勤務先から母親のもとへ帰省するために、たしかにあの飛行機に乗ったのだし、生存者はひとりもいなかったのだから。ただ遺体は最後まで見つからず、結局多木さんはほかの遺族たちが引きあげてしまったあと、焼け残った部分に会社のボート部のマークが読み取れたために彼のものと判明した、黒焦げのボストンバッグと、航空会社の用意した花束だけを柩に納めて焼いた。それはさぞ無念でしたでしょう、と香が言うと、無念なことなどあるものですか、わたしは最初から遺体など見つからなければいいと、そればかりを考えていたのですから、かえってほっとしたくらいです、と彼女は言う。そう、不思議だったのは、どうしてほかの人たちはあんなにも、最後のほうになると奪いあうようにして、遺体の断片を、それも真っ黒な炭になった骨だとか、カチカチに冷凍された肉切れをほしがったのか、ということです。たぶんあの遺体置場から

一刻も早く逃げ出したい一心だったのでしょうけれど。

まず警官に呼び出されて、犠牲者の身体的特徴を詳しく教えてください、と頼まれる。骨格の特徴、ほくろや痣の位置、昔の外傷や手術の痕など。長年連れ添った夫婦なら、ふだんあらためて意識にのぼせることもなかった、そして自分以外のだれにも知られるはずもないような事柄を、当人の死後、他人にあからさまに描写してみせなければならないというのは異様なことにちがいない。さらに多木さんの場合、もう何年も触れていない息子の肉体の細部を思い起こすために、そのまま時間を遡り、記憶の襞をいくつも押し分け押し分けして、柔らかな手触りと乳くさい匂いのなかへと退行していかねばならないという二重の喪失を強いられたのだ。人はほんとうに愛する者のからだの細部を正確に記憶することなどできはしない。それはたがいに矛盾するふたつの能力を同時に行使することだから。

こんなとき知也なら、わたしのからだについて述べた調書が一冊の本ほどにもなるのだろうか。まず手からいきましょうか。香さんの手は、女の人にしては骨張ってがっちりしてましたね。右手の親指の爪の下に小さな茶色いほくろがありました。指の長さはふつうですが、小指だけは長くて、くっつけると薬指の第一関節に届くくらいです。爪はそんなに伸ばしていません。指先からせいぜい二、三ミリくらいで、マニキュアはたいていおとなしい色で、真珠色とか、ベージュピンクとか……もしかしたら塗ってなかったかもしれません……とほとんど嬉々として話しつづけ、そうすることですこしずつわたしを屍体解剖していく。それは彼がわたしとつきあっていたときからすでに着々と進めていた作業でもあるのだが。そのうちメモを取っていた調査員のほうが辟易して「もうすこし簡潔にお願いしますよ。大きな特徴だけで結構です」と言うほどに。

実際、からだの表面の細部などにはあまり意味がなかった。ほぼ完全な姿で収容され、すぐに身元が判明したものは少数で、多くの遺体は歯のカルテなしには本人と確認できないほど真っ黒に焼け焦げ、寸断され、さらには他の遺体の断片に埋めこまれてさえいたというのだから。爆弾にせよ大量殺戮兵器にせよ、最小のコストで最大の効果を上げるべく考案されたものである以上、何百、何千メートルもの高度から無造作に投げ落とすほどには、人体を変形しも損傷しもしないだろう。医師や警官たちは、炭化し、腐敗しつづける人体の破片の山を、人数分の柩に分配し、すぐにふたたび焼くために、いま一度曲がりなりにも人間のかたちを再現するという作業に、昼夜を分かたず従事しなければならなかったのだ。

地獄でした、と多木さんはぽつりと言う。山あいの小さな町の体育館のなかに、突然地獄が出現したのです。地獄が死後さらに死の苦しみを与えられる場所であるように、死者たちは無残な姿をさらされ、いじり回され、縫いあわされねばならなかった。あの人たちはあんなふうにすべきじゃなかった。ばらばらの肉片は、あのまま墜落地点に埋めて、土に還すべきだったのに。

あそこではだれもが、生と死の境を越えることなくこんな場所にいるはずがないという奇妙な確信から、自分を生きた人間としては実感することができなかったのです。何よりも、死者たちの放つ臭いがすべての感覚を麻痺させていました。盛夏というのに体育館には空調もなく、野次馬をシャットアウトするために窓という窓には暗幕が張りめぐらされていました。全身の穴から、皮膚から、なすすべもなく染みこんでくる臭いに打ちのめされ、そしてそれがからだのあらゆる細胞に浸透し終わったとき、鼻にはもうにおわなくなり、あとは柩から柩へと、肉親を探して閉ざされた迷路のなかを行進しつづけ……ようやく外に出ると、こんどは自分のからだが袋のようにすうすうと悪臭を発散しつづけていることが周囲の人の表情でわかりました。地獄というのは自然界にはない、閉じた場所なのですね。生きものが死んで、腐り、土に還る過程にあれほどの悪臭があるはずはないのですから。あのすさまじい臭いは、あれから何年もたったいまでも、ときおり何の前触れもなく、そっくり蘇ってくるのです。何百時間も汗を流しつづければ、もしかしたらあれをからだからすべて排出してしまえるかもしれない、そんな望みを漠然と抱いて、サウナに通っているわけなのですが。

夢は夢、現実は現実と、ふつう人はふたつの世界をうまく棲み分け、眠りの入り口で一方の岸辺から他方の岸辺へと難なく跳び移っているものだが、苛酷すぎる体験をした者は、洪水のあとにできた砂州に取り残されて、いぜんとして降りしきる雨や濁流のせいで、削り取られ、変形しつつある砂の上にかろうじて立ち、水の膜を通して、夢と現実がもはや見分けがたく混ざりあった世界を見るはめになる。多木さんがあそこで現実に見、聞き、体験したこと、たとえば体育館の壁に取りつけられた照明灯の、毛穴を粒立たせるようなざらつく無機的な光、そこを澱みながら濛々と流れる線香の煙、嗚咽や悲鳴、怒号、お父さんが入ってるから開けないで、と柩を両手でかばって叫ぶ幼い子供などを思い出そうとすると、それらはむしろ夢の出来事特有の粘りつくような重力を帯びて、記憶の底にゆっくりと沈んでいくのだという。不思議なことに、あの暴力的なまでの臭気もいつしか消えて、ふと気づくとあの地獄を花の香りに満ちた場所として思い描いていたりするのだと。たしかにあのときそれぞれの柩の上には、航空会社の用意したものらしい花束が置かれていたが、彼女のもうひとつの記憶のなかでは、花はいつのまにかいっぱいに咲きこぼれ、以前写真で見たヴェネチアのお墓の島の、青く深い空の下の天国的な情景そのままに、整然と並んだ白い柩の隙間をもびっしりと埋めつくしているのだと。――その情景は、現実以上のなまなましさで蘇ってくるのです。わたしはたしかにあの花々の匂いを嗅いだし、恍惚として、しかも不安に胸を締めつけられながら、そこをどこまでもさまよい歩いていった気がするのです。だれかを、何かを探すためにこの迷宮に入りこんだはずなのに、いったい何を探しているのか、そしてそれはいつ終わるのかといぶかりながら。

遺体が見つからなかったから、健一さんの死が信じられないのですか、と香が聞くと、多木さんは薄くほほえんでみせる。そうですね。でもやっぱり遺体は見つからなくてよかったんですよ。あのあとはじめて墜落地点の山に登ったとき、現場はまだ事故のあとがなまなましくて、山は機体にえぐられて赤茶けた傷口をさらし、あたりの樹々は薙ぎ倒され、黒く焼け焦げていて、思わず吐き気がこみあげてきました。でもそこからすこし離れて、雑木林のなかの獣道を沢のほうに下りていくと、ふいに空がひらけて、草の柔らかく生い茂った斜面に出たんです。そこにただぼんやりと立ちつくしていると、あの子の姿をじっさいにこの目で見たわけではないのに、じかに心に響くようにして、あの子がすぐそばにいるのが感じられたのです。わたしはね、それから住んでいた家も処分して、こちらで職場を探し、引っ越してきたんです。暇を見てはあの山に登るようになって、そのたびにかならず、あの子がいると感じられるのです。健一はボートを続けたくて、ボート部のある会社を就職先に選んだくらいなんですけどね。あの子はひとり漕ぎのボートが専門だったんだけど、あるときこんなふうに言ってたの。漕いでると、はじめは苦しくてしかたないんだけれど、ある点を超えると感覚がなくなって、自分のからださえなくなって、ただ水の上をすごい速さで滑っているっていう、恐ろしいほどの自由の感じだけになってしまう。その感じが何より好きで、だからやめられないんだって。あの子はいま、その感じだけになってあそこにいるんですよ。

こうして香と多木さんの風変わりな交友がはじまった。とはいっても、ときおり「花の湯」で顔を合わせては簡単な会話を交わす程度の淡いつきあいだった。ゴミ袋の流行はいつのまにか去り、常連たちは袋詰めの死体ごっこをやめてしまった。ビニールでぺったりと毛穴を塞いで、サウナ本来の爽快感を失うという代償のわりには、痩身という所期の目的には効果がないことに、遅ればせながら気がついたようだった。彼女たちは丸々した桃色のジュゴンの群れに戻り、はるかに健康的なイメージを回復した。それとともに多木さんへの集団的な敵意もしぼんでしまったらしく、多木さんの悪口を聞くこともなくなった。それとも、もしかすると香と多木さんのひそかな交流に気づいて、彼女たちなりに遠慮していただけなのかもしれない。一度など、ふたりが短くことばを交わすと、周囲の熱で赤く膨らんだ耳が、いっせいにぴくりとそば立った気配がしたものだ。さらにはあのお節介なサワさんが、香とふたりだけになった短い時間をとらえて、「あんた、最近タキさんと親しいみたいだけど」と話しかけてきた。

「いえ、べつにとくに親しいというわけじゃ……」と香は思わず赤くなって否定したが、

「いいよ、いいよ、わかってる。どうせあの人から何か言ってきたんだろ。でもね、あんまりあの人とは深入りしないほうがいいよ」と眉根に皺を寄せて親切めかすサワさんに、思わず「それ、どういうことでしょう」といくぶん切り口上になった。

「あの人はね、ここに来る若い人になぜか近づきたがるんだよ。あんたの前にもねえ、しつこくつきまとわれた女の子がいてね。自分ちへ来いとか、行ったら行ったで死んだ息子のことをながながとしゃべるんで、気の毒だけど、なんか気味が悪いってその子言い出して。結局ここにも来なくなっちゃったんだけどね」

香はどういう顔をすればいいのかわからなくて、「へえ、そんなことがあったんですか」と曖昧な調子で受け流したが、サワさんが「まあ、あんたが気にしてないなら、べつにかまわないんだけどさ」と、とくに香の反応に落胆したそぶりも見せず、どっこいしょと巨体に反動をつけて立ちあがり出ていったあとで、しばらく考えこんでしまう。

たしかに考えようによっては気味の悪い話だった。自尊心を傷つけられたのは、たい

したことではない。何よりも、恐ろしいほどの自由の感じ、というものにすこしでも近づくためにここに通っているにちがいないと想像していた多木さんが、炉のそばの一番奥まった場所にうずくまって、根気よく若い娘が網にかかるのを待ち受ける、年老いた大きな蜘蛛のような不気味でもあり滑稽でもある存在へと変貌してしまったのだ。そういえば、サウナほど若い娘のからだをじっくり値踏みするのに好都合な場所はない。でも、いったい何にために。そう、多木さんはひとり息子のために新しい花嫁を探しているのだ。このあいだは遠慮してあまり詳しく聞かなかったけれど、賠償金をひとりじめしたあげく、たぶんとっくに再婚して、前の夫のことなどもうめったに思い出さず、慰霊の登山などするはずもない嫁のかわりに。

「飛行機にお嫁さんは乗っていなかったのですね」香がこのあいだ、ついうっかりこう口にしたとき、それまで淡々と話していた多木さんのようすが変わった。「あの人は妊娠して、悪阻《つわり》がひどくて来られない、と健一は言っていましたよ。遺体置場にもあの人は来ませんでした。そのまま実家に帰って入院して、きれいさっぱりお腹の子を始末してしまったのです」と答えた口調に、このときだけは妙に抑揚がなく、目がすわっていた。香はひどい自己嫌悪に陥り、それはあなたがそう信じているだけで、ショックで流産してしまったと考えるほうがふつうじゃないのですか、とも言えずに黙ってしまったのだった。その人もまっすぐな髪を長く伸ばし、どこを切断しても完全な円形の切り口を見せるようなからだをしていたのだろう。光のなかで屈託なく笑っている、健一さんのようなスポーツ青年が好むのは、決まってそんなふうな娘だ。多木さんは、賞味期限内にすぐにほかの男に乗りかえるようなふしだらな嫁のかわりに、自分のめがねに適った別の娘を見つけようとしているにちがいない。香は多木さんのまなざしに自分のまなざしを重ね、あらためて自分の、丸味に乏しくすぐにごつごつした骨に当たる、貧弱な乳房の、なま白い裸を見る。たぶん女ならだれでも、たとえば結婚後はじめていっしょに温泉旅行に行ったおりなどに、夫の母親にからだを見られることに多少の抵抗を覚えるだろう。母親にしてみれば、嫁としては過度の性的魅力のない、そこそこに頑健そうな肉体が理想的なのかもしれず、ならば意外に自分などは及第点をもらえるのかもしれない、と思って興醒めする。その一方で、自分がだれとでも取りかえのきく「若い娘」として、それも、もはやからださえない死者にめあわせるために選び出されるという空想に、ふっとからだがわずかに浮きあがるような軽いめまいを覚えもする。

翌週の金曜日、めずらしく会社のパーティーがあった。オフィスがつい最近、新築のビルのワンフロアーに引っ越したお祝いで、気の張らないパーティーだから、君たち、彼氏連れてきてもいいよ、とチーフは上機嫌で言ったが、彼氏はいないし、だいいち立食パーティーは苦手だった。なかばコンパニオン的な役割も期待されるのだろうが、いろんな人と当たりさわりのない話をして適当なところで切りあげる、といった器用なまねが香にはできない。二、三のおなじ人間と壁ぎわでぐずぐず固まっているか、酔った年配の男性にしつこくつきまとわれて生返事ばかりしている、ということになりかねない。香はすすんで残務整理を引き受け、皆よりもかなり遅れて会場のホテルに行った。

パーティーは思ったよりも盛会で、本社やいくつかの取引先、関連会社の人間も何人か姿を見せていた。予期しないでもなかったことだが、会場に入ってすぐに、入り口近くのテーブルの脇に知也がいるのに気づいた。あいかわらずおしゃれで、青みがかった灰色のシャツに黒っぽいタイを締め、ダークグレーの夏スーツを着て、グラスを片手に何人かと談笑している。知也はすぐに香を見つけ、「やあ」とすこしぎこちなく笑いかけた。すぐに新しいグラスをテーブルに取りに行き、歩み寄って香にグラスを渡すと、そばのワインクーラーからシャンパンを取り出してゆっくりと注いでくれる。

「ありがとう。おひさしぶりですね」

「うん。遅かったね、来ないのかと思った」

「引っ越しのあとかたづけで大変なの」

「そう。新しいオフィスはどう」

「とっても気持ちいいですよ。こんどぜひ寄ってください」と当たりさわりのない会話をしながら、香は自分でも意外なほど何の動揺も覚えることなく、まっすぐに知也の顔を見、しばらくぶりに見る彼の顔色が、一週間の疲れからかややくすんで、以前には気づかなかった細かな皺が目の縁に寄っているのを見て取った。彼は落ち着かないようすでせわしなくまばたきをして目を伏せ、「このスパークリング、安物だけどけっこういけるよ」と言う。

香は手もとの細長いグラスに目を落とし、わずかな粘性を帯びた淡黄色の液体のなかを、微細な泡が眠気を誘うほどのゆるやかな速度で立ち昇っていくのを眺め、そこに唇をつけるのがなぜか淫らなことに思えてためらわれた。

「おなか空いてるから、先に何か食べてくるわ。酔っ払っちゃうと困るし」

「困らないよ。いそいで酔っ払わないと、すぐ終わっちゃうよ」

「でも、お料理がなくならないうちに」とグラスをもったまま中央のテーブルに向かう香の背中に、知也が「ローストビーフがおいしかったよ」と声をかける。

以前彼とおいしいものを食べるのは、そのあとに来ることへの前菜であり、前奏でもあった。このおなじホテルの最上階にあるフレンチレストランの仔羊の赤ワインソース、香の誕生日に食べた「北京楼」の鴨料理、彼のマンションで夜中にふたりで作ったゴルゴンゾーラと生クリームのスパゲティなど、彼のお気にいりの料理はたいていすこし癖のある、食べたあとで口のはたが脂で光ってしまいそうな、こってりしたものが多かった。いま彼とおなじものを食べてもそのあとへとつながっていかないのが、何か不思議でもあり、気が抜けるようでもあった。それきり香は知也のほうへは戻らなかったが、遠くからちらちらと香に視線を投げかける知也に対し、嫌悪も未練も抱いていないと示すために、一度目が合ったときなど、にっこりとほほえんで見せさえした。そして奇妙なことに、彼の存在が刺激になって、香はいつになく社交的にふるまえ、ふだんはろくに口をきいたこともない人たちのあいだを回って、なごやかに談笑することができた。緩慢なテンポのダンスのステップを踏む要領で、パートナーをなめらかに取りかえながら人々のあいだを縫っていけばいいのだ。食べる、飲む、話す、移動する、という複数の課題を同時にこなしていくからだに自分をあずけると、サウナのときと同じような軽い陶酔感が生まれてくる。

遅刻したせいで、会はじきにおひらきになった。会場にはいくつもの花束が届けられ、入り口のテーブルに積み重なっていたし、それぞれのテーブルにも薔薇、カーネーション、グラジオラスなどが色とりどりに飾りつけられていた。女性はどれでも好きなのをもって帰っていいよ、早い者勝ちだ、とふだんから血色がよいうえに、シャンパンでさらにピンク色に上気したチーフが上機嫌で言い、香は目をつけていた一番美しい花束を、皆がちょっと変な顔をするくらい熱心にねだった。雪花石膏を彫りあげたようなみごとなカサ・ブランカの大輪がいくつもひらき、そのすきまを橙色に臙脂の斑を散らしたアザレアや、水色の花房をびっしりとつけたアラセイトウ、青や紫のトルコ桔梗が埋め、全体を白いカスミ草の細かな水玉模様が覆っている。

「あれっ、佐々木くん、目が高いね。これ僕もうちの奥さんにってひそかに狙ってたんだけどね」

「だめだめ、早い者勝ちなんでしょ。奥様にはちゃんと自腹で買ってあげてください」

「そんなことしたらかえって疑われちゃうよ。ま、いいでしょ。はい、きょうの残業代」

とチーフはうやうやしく花束を贈呈するまねをし、「そのかわり二次会つきあってよ」とぽんと肩をたたく。

なかなかばらけていこうとしない人込みからそっと抜け出してエレベーターに乗り、一階で降りると、薄暗いホールに知也がひとりで立っていた。

「ね、すこし話したいんだけど、これからふたりで『せつ』へでも行かない」

知也は神妙なようすで誘うと、またしても瞼をぴくつかせるようにせわしなくまばたきした。香は「せつ」という彼と何度か行った小料理屋の名を聞いたとたん、とっさにアン肝の酢の物、鴨ロース、柳川鍋、とふたりで舌鼓を打った料理が浮んできて、喉の奥からなまぬるい吐き気がこみあげ、過去の時間をきりきりと無理に巻き戻すことなど、いま一番したくないことだと強く思う。

「それとも二次会に行くの、あのおじさんたちと」と知也は一歩香のほうに近づき、嗅ぎなれた彼の柑橘系のオーデコロンの匂いが、このときはすこし饐えたような濁りを帯びて鼻先をかすめた。香はそれよりはるかに強い匂いを放っている花束を、ふたりのからだのあいだにねじ入れるようにして一、二歩あとずさる。

「今夜は品行方正にしておくわ。この花ももって帰らなきゃならないし」

「きれいだね、その花。よく似合ってるよ。……ね、知ってる、百合って花粉がつくとなかなか落ちないんだ」知也はふとなれなれしい調子になって囁いてくる。香はすでに知也のまなざしのなかで、自分の白い肌にその緋色の花粉が執拗に指でこすりつけられているると思い、はじめて彼に対して怒りを覚える。以前彼はプレゼントにともってきた薔薇の、柔らかな花弁と青い棘を交互に使って、香の気が遠くなるまで愛撫したりもした。自分の欲望の鋳型にいくら相手を熱く溶かしいれたとしても、時がたてば冷えた鋳型はそのままに残り、またその空虚を慌ただしく埋めつづけなければ気がすまない、そんな不安な男を慰撫してやるだけの優しさは、いまの自分にはない。

「知らないの、切り花の百合はちゃんと最初から花粉を剝がしてあるのよ。花びらを汚さないように」

「えっ、あ、ほんとだ」と彼はきょとんとした目をしてから、「そうか、去勢されてるってわけだな」と悪びれてつぶやいた。そのときちょうどふたりの前でエレベーターの扉が左右にひらき、四角い光のなかからどっとざわめきが降りてくる。香がその集団に紛れて外に出ると、街では朝から続いていた雨がすっかりあがり、水の匂いのする闇の表面を、さまざまの色の光が筋を引いて流れている。でも、と香はふと思う。ほっそりとくびれた、青く見えるほど白いつぼみのなかには、金色の花粉がぴっちりと並んで眠っているのだ。


帰り道、もう十時近かったが、カーテン越しに明かりがついているのを確かめて、多木さんのアパートのチャイムを押した。扉がすこしだけひらき、夜着にカーディガンを羽織った姿で不審げな顔を覗かせた多木さんに花束をさし出し、「夜分遅くにすみません、これ、健一さんに」と言ってからことばが続かず、お供えして、と言うのはまずいのかな、と一瞬迷ったが、多木さんは「あらっ」と若やいだ声をあげて扉をいっぱいに開けた。

「ちょっと派手すぎるかもしれませんけど……いえ、自分で買ったわけじゃなくって、あの、パーティーがあってそれで……」としどろもどろになりかかる香から花束を抱き取ると、「まあ、ちょっとおあがりなさいよ」と玄関に招きいれる。

香は遠慮して上にはあがらなかったが、玄関から見える部屋のようすはこのあいだよりさらに整然として、蛍光灯を反射して白く光っている畳の上には、ぽつんと黒っぽいリュックサックが置いてあるだけだ。

「わたしね、ちょうど明日、山に行こうと思ってたんですよ。天気も好さそうだし」香の視線をたぐってリュックに目をやった多木さんが言う。

「あ、それで」と言いかけてふたたび香はことばをのみこみ、こんなふうに、この人はいつも山に行くときは、ここにふたたび帰ることがないかのように、きちんと部屋を片づけていくのか、と思う。

「この花束、とてもきれいね」多木さんは花束を抱いて、香のはじめて見る柔らかな表情を浮かべ、カサ・ブランカの白い花びらの縁を指先でそっとなぞった。「でもね、わたし花はもっていったことないのよ。あの事故の遺族ですね、と声をかけられそうで、それがいやで」

「それならお部屋に飾ってください。健一さんの写真に」

「そうね、それもいいけど……」と多木さんはいったんことばを切り、花束から香へと目を移すと、そのまま香の顔を撫ぜるようにまなざしを動かした。しばらくまなざしのなかをことばとおなじ重さの沈黙が流れたあと、「もしよかったら、あなたもいっしょに行きませんか。そしてあなたからこのお花をあげてくれたら、あの子も喜ぶと思うんだけど」とことばが正確に沈黙をなぞる。

結局花束は香がもち帰った。自分のアパートまでの十分ほどの夜道を、手にずしりとくる花束を抱いているのに、いつのまにか小走りになっていた。戻ってすぐにキッチンでバケツに水を張り、透明のセロファンと薄緑の和紙で二重になっている花束の包装はそのままにして、濃淡のピンクでやはり二重にかけられたリボンだけを取りはずし、根もとの銀紙の部分をひらいて水に浸した。それからシャワーを浴び、明日の朝早く出発するための簡単な準備を整えてから、明かりを消して布団に入った。部屋の隅にひとつ花束があるだけで、部屋は見知らぬ場所になり、生きものの気配で香を落ち着かなくさせた。瞼を閉じてもそれは闇のなかにほの白く浮かび、香りはいっそうきつくからみついてくる。花たちの呼吸が闇を湿らせ、闇は布のように撓み、ゆるやかに波打っては香のほうに寄せてくる。花たちは香の気配を窺いながら、闇のなかをしだいに生長し、包装紙から、バケツの縁から溢れ出し、茎や葉をするすると音もなく伸ばし、床の上を滑り咲きひろがり、眠っている香をいつしか取り囲み、覆いつくさんばかりになる。それは以前何かの雑誌で見た、タイかどこかの小乗仏教のお葬式の、亡骸を台に乗せて色とりどりの南国の花々で飾りつけた、鴨のオレンジソースとか、野兎のファルシ無花果と木苺添え、といった類の、大皿に盛った料理を連想させる情景そのままで、香はいまや花たちに埋もれて息苦しいほどになりながらも、たしかにその情景の全体をありありと見ており、そうしてしばらくのち、すでに自分が夢の領域に滑りこんでいるのだと知る。

寝不足で頭が重かった。花は昨夜のみずみずしさを保っていたが、朝の光の下で見るといかにも晴れがましく、香はそれをもとどおりに包装すると、押入から捜し出してきた大きな紙袋に入れた。多木さんと駅で待ちあわせ、電車に乗ってからも、ふたりにはあまり話すこともなく、ぼんやりと車窓の外に視線をさまよわせ、梅雨の晴れ間の強い光に白く反射している風景を見るともなく見ていた。

まもなく電車を降り、バスに乗り継いで、川の流れを右に左に見ながら山のなかに分け入っていく。最初地元の人間で混雑していた車内はしだいに閑散とし、ふたりを除いては渓流釣りに行くらしい何人かの男たちだけになった。

香は窓側の席でうたたねしはじめた多木さんの横顔を盗み見、足もとに置いた紙袋からはみ出しているカサ・ブランカの、青白いみごとに反り返った花弁に目を移した。ただ死者たちの慰霊に行くことならたぶんわたしにもできる。でもいま会いに行こうとしているのは、ある特定の人物、その母親によれば人格も記憶もそのままに固定されて残っているのに、肉体のみが失われてしまった人物なのだ。これはいけないことではないでしょうか、もしあなたの言うとおり、健一さんがそこに「いる」とすれば、彼を騙すことになるのではありませんか、だって健一さんが会いたがっているのはそのお嫁さんなんでしょうに。わたしはお嫁さんの代わりにはなれません、多木さんにこんなふうに言うべきではないのか。

ばかげているとわかっていても、いっそうむを言わさず圧迫してくる種類の思いにいったんとらわれはじめると、もう引き返すことはできない。宗教をすなおに信じることができたらどんなにかいいだろう。そこでは神や死者たちや霊魂といったものはくっきりとかたちを結び、そのなかへと安心しきって身を委ねることができるのだろう。でもわたしのなかに膨れあがってくるもつれを解いてくれるものは何もない。窓の外は光に満ち、いくえにも折り畳まれながら伸びひろがっていく山襞は、襞のひとつひとつ、そこに生えている樹木の一本一本、葉の一枚一枚のあわいにまで光をはらんでいる。バスはその緑の縁を舐めるように丹念にめぐりながら、目的地に向かって登っていく。

バスを降りて停留所のそばのひなびた食堂で早めの昼食をとることにし、多木さんは親子丼を、香はざる蕎麦を注文した。意外にこしのありそうなつややかな蕎麦が目の前に運ばれてきても、食欲は湧かず、箸をつける気にはならなかった。

「どうしたの、食べとかないと、もちませんよ。ここから二時間近く登るんだから」と多木さんが声をかけるので、「あの、じつはちょっと気になることがあって」と思いきって切り出してみる。

「多木さんはたしかいままでいつもひとりで山に登っておられたんですよね」

「ええ、もちろん一番最初は事故の担当者の人に案内してもらったんだけど、それからはいつもひとりですね。会社の方や、ボート部の方たちも皆さん登ってくださったようですけど、わたしは誘われてもごいっしょしませんでした」

「じゃあ、なぜ今回に限ってわたしを誘ってくださったのかな、と思って……」そう言いながら、香は自分がほんとうは何を恐れているのかわからなくなる。自分を利用されることがいやなのか、それとも自分のなかにわだかまる濁りが、多木さんの純粋な思いを汚してしまいそうだからか。

「べつに理由なんかないんですよ。ふとね、あなたにいっしょに来てもらいたいと思っただけで。そりゃあ、あなたにとっては迷惑な話でしょうけど」

「迷惑だなんて。そうじゃなくて、わたしがいっしょに行くことは、多木さんにとって具合が悪いんじゃないかという気がするんです」

「どうしてです？」

「だってあの、多木さんはその場所に健一さんが生きているとおっしゃるけれど、そしてそのことは多木さんにとっては真実なんでしょうけど、わたしはしょせん部外者なわけだし、多木さんとその思いをひとつにすることはできないと思うんです。そしたらわたし、ひょっとして多木さんと健一さんの出会いを邪魔してしまうんじゃないでしょうか……ほら、たとえばスプーン曲げとか、透視とか、ああいう心霊現象っていうのは、そばにそうしたことを信じない人間がいたら、起こりにくいっていうじゃありませんか。わたしが多木さんの言うことを信じないっていうわけじゃないですけど……」不器用に言い募りながらも、香は多木さんの気持ちに、何の疑念もさしはさまずに添うことができれば、と願っている自分に気づく。

多木さんは突然理屈を言い出した香に虚を突かれた顔をしたが、「全然、邪魔ってことはありませんよ」とすぐにあっさり言いきった。「あなたみたいに関係ない人のほうがいいんです。あの子をよく知ってる人なんかだったら、こっちがたまりません。あなたがどう思ってくれようと、わたしはいいのよ。それにもうあの子にとっては、だれがどうとか、どんな名前だとか、どうでもいいの。まあそりゃあ、あなたみたいに若い娘さんが来てくれるに越したことはないでしょうけど」と言って、最後のほうはうわずった短い笑い声まで立てたりしたものだから、香はなんだかいままで思いつめていたのがすべて馬鹿らしいことに思えてきた。

「そうですか。そんなふうに言ってもらえれば、わたしも気が楽です。こんなわたしでよければ、ごいっしょさせていただきます」と頰を紅潮させて早口で答えながら、これではまるで自分が、お盆にお供えするけばけばしい落雁や、果物籠みたいなものだと思う。それでいてそのことがすこしも不快ではなく、昨夜、夢の領域へと滑りこんでいく敷居のところで、大皿に横たえられ、溢れんばかりの花々に覆いつくされた自分のからだを幻のように見たと思い出す。お供えに名前など必要なはずもない。人身御供だって、選び出されたときからなかばは死んでいるのであり、あとはただ黒曜石の短刀で胸をひらかれ、太陽に赤くふるえる心臓をさし出される瞬間に向かって、まっしぐらに進んでいくだけなのだ。そう思うと何だか急に空腹を感じて、目の前のつややかな蕎麦をすすりあげた。

登山口のところで、多木さんは自分のリュックから紐を取り出し、目的地までかなり険しいところもあるから両手が空いてないと、と言って、花束を香のリュックの後ろに器用にくくりつけてくれた。しばらくは雑木林のなかのなだらかな登りを行く。電車やバスの窓から見た、肌を逆剃りするような光とはまるでちがう、葉叢から洩れる湿った光が、肌から立ち昇る汗とたちまち親和する。やがて急な傾斜の箇所にさしかかると、山歩きなどずっとしたことのなかった香はすぐに息があがり、多木さんのあとをついてあえぎあえぎ登っていくのが精一杯になった。多木さんは香を気づかって後ろを何度かふり返り、「あとちょっと行ったら沢に出るから、そしたらひと休みしましょう」と言う。

やがて水音とともに足もとからひんやりとした空気が昇ってきて、皮膚に張りついていた服の布地がゆっくりと剝がれはじめた。道の片側が笹の生い茂る急斜面に変わり、その茂みが切れたところで沢べりに出た。流れはそれほど大きくはないが、かなり激しく、上で岩に堰かれて緑白色に泡立ちながら流れ落ちてくる。多木さんは「ここの水はね、おいしいのよ」と言いながらリュックを下ろし、空のペットボトルを取り出して水を詰めはじめた。「こうやって、いつもすこしもって帰るのよ」

香も岩場に膝をついて屈みこみ、水を飲もうと顔を近づける。目の前のそこだけが小さな浅い入り江になっていて、静止した透明な水に両手をさしいれてすくい、口をつけるととろりとした冷たさがひろがる。バスの窓からずっと見つづけた、光をはらんでふつふつとたぎり立つようだった山は、じつは冷たい石と土でできていたのであり、その石と土に冷やされた水だった。水は甘く、その甘味が水本来の味なのか、自分の口のなかから溶け出したものなのか、わからない。

「おいしいですね。冷たくて、甘いです」と確認するように傍らの多木さんに言うと、彼女はこともなげに「この流れのちょうど上に、飛行機が落ちたのよ」と言い、もう一度水をすくおうとしていた香の手が止まる。だれのものともつかない多くの肉や血や骨が溶け込んだ水、それはかたちあるものとしては何ひとつ彼女のもとに戻らなかった健一さんの血であり肉であり、聖像の傷口から繰り返し流れる血のように、それをいま味わっている気がする。ふたたび掌の窪みに口をつけると、この水をすくって飲むという単純なしぐさが、死者に花を手向けるのとおなじように、人間が人間になったときにはじめた根源的なしぐさであって、その遠い記憶がたしかにいまこの自分の手の細胞のなかにも眠っていると思え、いくども水をすくい、貪るようにその甘い水を飲んだ。リュックから花束も下ろし、根もとを水に浸してやり、強い陽射しにくたびれかけていた花弁にも水をふりかけてやる。

流れに沿ってふたたび歩き出すと道はさらに険しくなり、長く続いた雨でぬかるんだ土に足が滑り、手で岩や木の根をつかんでからだを支えながら慎重に登らねばならない箇所が増えてきた。剝き出しの光のなかと湿った木蔭が交互に繰り返され、遮られた風景のなかでも着実に高度が上がっていくのがわかった。梅雨明けを知らせるように、蟬たちがすだいていた。アブラゼミ、クマゼミ、ニイニイゼミ、何種類もの蟬の声が頭上から打ち網のように降ってきて、ふっと気を抜くとそれは右からも左からも背後からも押し寄せ、足もとからも湧きあがってくる。汗が目に流れこみ、目をしばたたくたびに視界は光の濃淡のモザイクに埋めつくされてふるえた。目を閉じると蟬の声がたちまち香を囲いこみ、このたえまのない音が周囲の空間から響いてくるのか、頭蓋のなかで反響しているだけなのか、わからなくなる。

ここではすべてが溶けあっている、と思った。均質になるのではなく、相違の激しさをぶつけあうようにして、たがいに浸透しあっていた。黒く湿った土と、水と、草と、樹木が層をなし、浸透しあいながら輝く空へとせりあがっていく、その階段を獣のように両手両足を使って一歩一歩登ろうとしていた。多木さんはかなりペースを落としてくれてはいたが、もう香のほうをふり返ろうとはしなかった。香は彼女の背中を見つめ、彼女のリズムにひたすら同化することだけを考えて登った。数歩先を行く彼女の姿が、そのまま自分自身の姿であり、それを幻のように見ている気がした。背中にくくりつけられた花束が一歩ごとにぐらりぐらりと揺れ、その揺れに引きずられ、追い立てられながら、熱に浮かされたように歩いた。はじめての場所に向かっているのに、なぜか遡っている、いままでいつも中心をはずしながら空しく周囲をめぐるだけだった、ある何かをめざして遡っているという不思議な感覚を抱きながら。

墜落現場付近に着くと、剝き出しになった山肌や、焼け焦げた樹々といったものはもう跡形もなく、山は緑に戻っていた。事故の慰霊に建てられたのだろう、黒い御影石の立派な石碑が遠目に見え、花を供えに来たらしい何人かの登山客の姿もあったが、多木さんはそれには目をくれず、手前で道をわきに逸れ、藪のなかの細い道へと入っていった。そのときはじめて香のほうをふり向いて、首を斜めに傾けるようにして軽くうなずいてみせた。道は下りに変わったが、人ひとりが通れるか通れないほどの幅しかなく、両側からからみついてくる梢や蔓をかきわけながら進まねばならない。押しひろげた枝が撓っては打ちかかり、袖を肘までたくしあげていた香の腕はすぐにかすり傷だらけになった。一か所茨を引っかけたらしく皮膚が破れて薄く血が滲み出し、思わずその傷口に唇をつけて吸うと、血も山の水とおなじように甘い。

藪はあっけないほどすぐにひらけ、ふたりはふいに空の下の、草や灌木に覆われたなだらかな斜面に出た。多木さんは立ちどまってリュックを足もとに置き、香に「ここなの。以前に木を伐り出すトロッコがあった場所らしいんだけど」と息を整えながら言う。そこは香の恐れていたような、神秘的でおどろおどろしいものなど何ひとつない、山あいのただの小さな空き地だった。美しい場所だった。目の前には山並みがどこまでも広がっている。草と土の匂いのなかに、あらためてどっと噴き出した汗が立ち昇り、溶けていく。

「香さん、よく来てくれたね。ありがとう」と多木さんがすこし声をふるわせるようにして言うのを聞き、こうして彼女に名前を呼ばれるのははじめてだと気づく。香は何か答えたいと思うが、ことばを出すことも、彼女のほうを見ることもできず、ただ瞼の縁に力をこめて、目の前に滲みひろがっていく風景を見つめることしかできない。あの光、あの写真の光はここから切り取られてきた。彼女は正しい。黒焦げになったからだの破片や腐肉のなかに死者たちがいるのではない。それはこの山の土や水、光のなかにいる。

「花を……どうしましょう」しばらくして香はつぶやく。あんなに豪華に見えた花束も、この風景のなかでは取るに足りないものに思えて、すこし悲しくなる。「ここにこうして置いておきましょうか」

「そうね……花も自然のものだから、土に還してやればいいでしょう。ほら」と多木さんはすこし前方の、草の上に剝き出しになった小さな丸い岩を指さし、「あそこはどう、あそこに飾りましょうよ」と、もうすっかり明るい声で言った。

　それからはふたりで花束をひもとき、一本ずつばらばらにして岩に飾りつけることに熱中した。セロファンやアルミ箔に覆われたままよりも、じかに激しい陽に灼かれ、風雨にさらされて朽ちていくほうがいい。まず中央に雪花石膏の精緻な彫刻のような花をいくつもひらいたカサ・ブランカ、その周囲に橙色に臙脂の斑模様のアザレア、淡い水色の花房を鈴なりにつけたアラセイトウ、クリーム色と若草色の二色を紡錘形にひねりあげた、かわいいつぼみをいくつもつけている瑠璃色のトルコ桔梗、そして最後に、それらすべての上にカスミ草の白い小花を細かくちぎって雪のようにふりかける。またたくまに小さな岩は花々で覆いつくされた。

　作業が終わると多木さんと香は草の上に並んで腰をおろし、空に向かってメッセージを発信する小さな基地のような、この花の塚を満足して眺めた。たがいの息づかいが聞こえるほどそばにいながら、多木さんの気配は薄らいでいった。顔をあげると空がすぐそこにあり、空の青だけをずっと見つめていると、光のなかを空が崩れ落ちてくるような、同時にからだが光のなかに吸いあげられていくような、不思議な無重力感に包まれた。それでいて、からだのすぐ下には熱せられた草と土があり、花の香りと混ざりあったその重い匂いにむせながら、香はいぜんとして地面に縛りつけられているのだった。こうして空に向かって香のからだをさし出しながら、地面はゆっくりと回転していた。そのからだを接点にして、空も逆の方向に回転していた。風のそよぎと光のふるえ以外に何も動くもののないこの場所で、すべてのものの大きさや速さの尺度を無効にするやりかたで、すべてはすばらしい速度で動いていた。香のまなざしだけが止まっていた。だが目を閉じると光は暖かな血の色になって溢れ、香を内側からかき混ぜ、その回転へとたちまち溶かしこんでいった。

鏡の森

カスティーリャの国王が神とその教会からあの大きな数々の王国、すなわちインディアスという広大無辺な新世界を与えられましたのは、その地に住む人々を導き、治め、改宗させ、現世においても来世においても彼らに幸福な生活を送らせるためにほかなりません。しかるに、それらの王国に住む人々は、おなじ人間が手を下したとは想像もつかないような悪事、圧迫、搾取、虐待を蒙ってまいりました。いと強き主君、私は五十年以上にわたりその地で実際にそれらを目撃してまいりました。それゆえ、殿下はかならず陛下に対し、無法者たちが策略を弄してたえず行いつづけているいわゆる征服という企てを、今後一切許可されないよう懇請していただけるものと確信しております。もしその許可が与えられれば、平和で謙虚な、しかも従順で他人を傷つけることのないあのインディアスの人々に対して、ふたたび非道な所業が行われはじめるに相違ありません。征服はまったく邪悪で暴虐的な行為であり、それは自然の法、神の法および人定の法により非とされ、忌み嫌われ、呪われています。もし彼らが無数の人々を精神的にも肉体的にも破滅させることになった数々の非道な行為について黙して語らずにいれば、私もその共犯者になってしまうでしょう。

バルトロメー・デ・ラス・カサス『インディアスの破壊についての簡潔な報告』（一五五二年）

スペイン皇太子フェリーペ殿下に捧げた序詞より

わたしたちは川を遡っていた。川幅はさほど広くないが、流れはゆるやかだった。ディエゴは巧みに櫂を操り、磨き上げられたカヌーは水面をすべるように動いた。ディエゴの粗織りの衣の下で、肩の筋肉がなだらかにうねるのが見えた。汗に濡れたうなじが陽を浴びて真鍮色に光る。おなじ一連のしぐさを機械的に繰り返しているようでいて、ときおり水脈の微妙な結び目をとらえると、すばやく櫂を動かして舟の角度を修正した。彼はもはや村で見かける影のようにもの静かな老インディオではなかった。後ろ姿からもその小柄な身体に精気が漲っているのがわかった。彼は背後に坐っているわたしのことなど忘れているように見えた。彼は風景の一部になり、そこから生命を得ていた。

カヌーの下を緑色の濁った水がゆっくりと動いていた。故郷アンダルシアの谷の清冽な流れとはまるで別種の、腐りつつある大地の膿をたっぷりと含んだ重い水、それは両岸の暗い森と、たえず雲の流れていく空を三等分に映し出す鏡でもある。空と森、そして川面に広がる写し絵の一切が収斂していく点を目ざしてカヌーは進み、点は進むにつれて奥へ奥へと転回しつつ後退して、わたしたちを果てしない屈曲へと迷いこませていく。ひたすら前方を見つめていると、動いているのはわたしたちではなく風景のほうであり、この舟が背後へとゆるやかに没し去っていく無限の世界において、唯一不動のものであるかのような錯覚に陥った。ときおり水面をよぎる雲の影がカヌーをすっぽり包みこむと、周囲は瞬時に色彩を失って鉛色に沈む。

ここでは舟が唯一の交通手段だった。森のなかは凄まじい錯綜と混沌でしかなく、川こそが秩序であり、道だった。ただし意志の力で踏破していく道ではなく、食物がひとたび嚥下されると、あとは溶け崩れながら暗い迷宮をへめぐっていかざるをえないように、人を自分ではないものへとわれ知らず変貌させつつ奥へと送りこんでいく道である。

今世紀初頭、正確には一六一〇年、リマ近郊の一地方に端を発した偶像崇拝根絶運動は、それから半世紀のあいだ、ペルー副王国のほぼ全域にわたってめざましい成果を上げた。運動の中心を担ったのはイエズス修道会であり、強大な権限を与えられた巡察使たちは、行く先々の村で土着宗教の秘密組織を暴き出した。村はずれの廃屋や山中にひそかに祀られていた祭壇は破壊され、地下室や洞窟に隠されていた祖先のミイラや呪物は引きずり出され、村の広場にうずたかく積み上げられて火を放たれた。そのさまはちょうど、前世紀にはじめてこの地に足を踏み入れたピサロとその騎兵たちが、黄金神殿の装飾を一片残らず剝ぎ尽くし、純金の神像や工芸品のことごとくを略奪したあげく、大鍋で煮溶かしてそっくり延べ棒に変えてしまったときとおなじ熱狂に、彼らが身のうちから灼かれているかのようだった。だがそうしたことは、ここアマゾナスではかすかな風のざわめきのように伝わってくるだけだ。副王国とは名ばかりで、ここはいぜんとして森とそこに生きる鳥や獣、そして少数のインディオたちの土地だったのだから。そして森とは、とめどなくからみあい、埋め尽くし、なだれ落ち、腐っていく不定形の巨大な生きものの別名にほかならなかった。

一五七一年、副王フランシスコ・デ・トレドの従兄弟でありドミニコ会士でもあったガルシア・デ・トレドは、当時スペイン植民地政策にとって重大な障壁となりつつあったバルトロメー・デ・ラス・カサス師を論駁するために、『ユカイの覚え書き』と題された文書でつぎのように述べている。

「神はわれわれとこの惨めな異教徒たちに対して、ふたりの娘、すなわち、雪のように色白で慎み深く優美な娘と、醜く不潔で愚かな獣と変わらない娘をもつ父親のごとくにふるまわれた。上の娘には持参金をもたせる必要はなく、ただ宮殿に連れて行きさえすればよかったが、下の娘には多額の持参金、大量の宝石、豪華絢爛な衣装をもたせねばならなかった。こうして醜い獣同然のインディオたちに、神は恵み深くも金、銀の山や、肥沃な土地をお与えになった。それはひとえにこれら財宝の香りに魅せられて人々が彼らのもとに福音を宣べ伝えに赴き、キリストと結婚させるべく骨折るためであった」
トレドはさらにこうも言ったであろう。神の似姿として造られた人間がこれほどまでに金銀宝石を愛でるからには、神ご自身のそれらへの愛は隠れもないものにちがいない、なんとなればキリストの花嫁となったエルサレムの都について、黙示録はつぎのように記しているではないか、と。

城壁ハ碧玉デ築カレ、都ハ透キ通ッタガラスノヨウナ純金デアッタ。都ノ城壁ノ土台石ハアラユル宝石デ飾ラレテイタ。第一ノ土台石ハ碧玉、第二ハサファイア、第三ハ玉髄、第四ハエメラルド、第五ハ赤縞瑪瑙、第六ハルビー、第七ハ貴橄欖石、第八ハ緑柱石、第九ハトパーズ、第十ハ翡翠、第十一ハ青玉、第十二ハ紫水晶デアッタ。マタ、十二ノ門ハ、十二ノ真珠デアッテ、ドノ門モソレゾレ一個ノ真珠デ出来テイタ。都ノ大通リハ透キ通ッタガラスノヨウナ純金デアッタ。

トレドの言う神は万事に公平であられたわけではなかった。アマゾナスの奥深くに住むインディオたちには持参金もお与えにならなかったからである。それゆえに彼らは、福音をもたらすことのほかはなにも望まない修道士たちがこの地にやってくるまで、太古の晦冥のままに捨ておかれていた。

わたしが赴任したサンタ・クララ村も、そうした場所のひとつだった。高地から流れ出るいくつもの細流が合わさり、しだいに水量を増してアマゾン支流のマラニョン川へと流れこんでいく、その数多くの合流地点のひとつ、深い森を背後に控え、かろうじて人間の共同体が成立しうる狭い平地に、いまから二十年ほど前、フランシスコ修道会が改宗村を作った。当時あたりの林はまだ若く、いくつかの住居の痕跡と古びた石の祠《ほこら》があった。ヨーロッパ人がかつて足を踏み入れた記録がない以上、ここの住人たちは、コンキスタドーレスの騎兵を凌ぐ速度で蔓延した、旧大陸のあまたの疫病のひとつによって全滅したのかもしれなかった。わたし自身、首都リマから気の遠くなる日数をかけてこの地に旅してくるあいだ、いくつもの村落の廃墟を見たが、それらはおそらく居留地への強制移住や天然痘といった、比較的近年に降りかかった災厄が原因であったにもかかわらず、おしなべて先史時代の遺跡めいた徹底した荒廃ぶりで、一切の記憶を漂白されて風景のなかに孤絶しているのだった。ここ熱帯の地では、動物の屍骸がみるまに分解して大地に吸収されていくように、すべてはすみやかに変化する。木や藁の住居はあとかたもなく朽ち果て、石の神殿でさえ、人間たちが姿を消すが早いか、這い寄ってくる植物にからめ取られ、張りめぐらされた根によって内側から崩壊しはじめる。

改宗村を創設した人間でいまもここに残っているのは、わたしを含めた五人の修道士のうち、ロドリゴ師とフェルナンド師のふたりだけだ。師らは当時この村を、アマゾナスに福音をあまねく伝えるための基地として思い描いていた。まず祠のあった場所に小さな教会を建て、おびただしい悪霊の棲み家である森を出てここに移り住み、神の慈悲を受けるよう、付近に住むインディオたちを根気づよく説得した。周囲の森を拓いてトウモロコシを栽培し、鶏を飼い、リャマの乳を搾って、作物としては野生のユカ芋しか知らず、吹き矢で鳥や獣を狩っていた彼らに分け与えた。インディオたちは一家族、また一家族と教会のそばに住みつくようになり、じきに三十戸ほどの集落ができた。こうしていっときすべては順調に進むかに思われた。

だが、畑はわずかでも手入れを怠ればたちまち森に呑みこまれていき、雨季には川の氾濫であたりは泥流と化すのだった。インディオたちも吹き矢をすっかり捨ててしまったわけではなく、森にはいりさえすれば獲物はいくらでもいた。ある日森の奥へと掻き消えたまま、二度と戻ってこない者はあとを断たなかった。すると村人たちは、ワカに連れ戻されたにちがいないと噂しあうのだった。ワカとは福音以前にインディオたちが崇拝していた邪神の総称であるが、生贄も酒も供えられることのなくなったいま、彼らは飢えと渇きに苦しめられ、力ずくで信者を奪い返すために闇に紛れて村に忍びこむのだという。また若者の多くは、下流からやってくる定期便によって否応なくもちこまれる文明の熱に感染して、もっと大きな町へと仕事を求めて流れていった。

わたしがリマからここにたどり着いたとき、修道士たちはすでに年老い、村はゆるやかに廃墟と化しつつあった。最年長のロドリゴ師はいぜんかくしゃくとしていたが、フェルナンド師は脳を患って廃人同様であり、本来ならわたしたち年少の修道士が面倒を見るべきところを、教会に隣接する僧房にではなく、村はずれの崩れかけた小屋に起居して、インディオの老女が身の回りの世話をしていた。したがって、改宗村をじっさいに運営しているのは壮年のアントニオ師とハビエル師のふたりであり、わたしは当然彼らについてさまざまのことを学ばなければならなかったわけだが、現地生まれのクリオーリョでありキトやリマの神学校で教育を受けた彼らは、スペイン本国からやってきた新参者のわたしに、隔てのない友愛を注いでくれるとは言いがたかった。しぜんわたしは僧房で読書や思索に時間を費やすことが多くなり、屋外の農作業ではおもにインディオたちと過ごした。インディオたちは裸でいることをとうにやめ、稚拙な刺青を入れ、仰々しい装身具を身につける悪習も捨てて、麻の質素な短衣をまとっていた。わたしと同郷のラス・カサス師、あの偉大なるチャパス司教をして、「ひたすら神に仕えるために生まれた、このうえなく質素な、われわれの聖なるカトリックの信仰とあらゆる道徳の教え、すべてのよき習慣を身につけるにふさわしい人々」と言わしめ、しばしば原罪以前のアダムの無垢にもたとえられた彼らが、慎ましやかな微笑をたたえて黙々と日々の労働にいそしんでいるのを最初に目にしたときには、聖フランシスコの最初の弟子たちもかくやと感嘆したものだ。しかしここに一年あまり暮らしてみると、その忍耐強さや従順さはべつの相貌を帯びはじめ、彼らは魂を森に残してきた脱け殻のように生きているのではないかとふと思うのだった。祈りを唱え、賛美歌を歌っている女たちの表情の穏やかさは、信仰のもたらすそれではなく、影のもつ一般的特性にほかならず、その激しい魂はいぜんとして森の奥深くにとどまって獣の皮を剝ぎ、コカの幻覚に溺れ、乱交の末に産み落とした嬰児を絞め殺しているのではないかと疑った。夜はさらに危険だった。ものみなをそれぞれの影で支える昼の光だけが、村のささやかな秩序のあかしだったが、夜は影を結びあわせてすべての境界をなしくずしにする。わたし自身、ひと晩のうちに村が森に呑みこまれてしまう夢をいくども見た。部屋の壁をびっしりと覆い尽くした蔓植物の、葉先から滴り落ちる露にふるえながら目覚め、あるときは蝋燭を片手に蔓をやみくもに引きむしりながら出口を探しつづけ、またあるときは寝台にまで這いのぼってくる蔓に全身をからめ取られて、身動きすらできずに喘いでいる。入れ子になった何度かの目覚めを経て、ようやく朝の青ざめた光のなかで汗に濡れて寝台に横たわっている自分を見いだすときまで、いくつかの変奏を繰り延べながらもそれはつねに同一の植物の牢獄の夢であり、ああ、またあの夢、と気づく先から不安な胸苦しさに全身が痺れたようになっている。そして夢は現実の忠実な写し絵でもあった。ここでは時間はひどく速く流れるか、あるいは無時間的な生成のうちに永遠に凝固しているかのどちらかであり、そのふたつはおそらくはおなじことだった。

ラス・カサス師をはじめとする、初期の伝道師たちの生きた時代をわたしは羨んでいたのだろうか。あの時代、高地インディオたちに加えられた迫害と収奪は筆舌に尽くしがたく、トレドの言に従うならば、神に豊かな持参金を授けられていたがゆえにこそ、彼らはおよそ人類がかつて蒙ったことのない規模の惨劇へと投げ入れられたのだったが。それもアンデスの創造神ビラコチャの再臨と信じ、最大級の敬意をもって歓待を尽くした相手によって。

「主君、まちがいなく彼らはビラコチャであります。と申しますのも、彼らは風に乗ってやってきたと告げておりますし、またたいそう立派な髭をたくわえ、肌は白く、銀の食器で食事をしているからでございます。さらにそのうえ、彼らは銀の足をした、とてつもなく大きな羊の背に乗り、まるで天上に轟くような雷を発するからであります。主君には、そのようにふるまう人たちがビラコチャであるかどうか、容易におわかりいただけるでしょう。そのうえ、外からは彼らの両手と顔しか見えず、身にまとっている衣服も、貴方様のものよりはるかに立派でございます。つまり彼らの衣装には、金糸や銀糸で装飾が施されているのであります。このような人たちがビラコチャ以外の何者でありえましょうか」

海岸でピサロの騎兵たちを出迎えたインカの臣民は、このように主君に報告したのだった。時をおかずそのビラコチャたちが、贈り物を献上した首長らを焼き殺し、神殿の頂上から太陽神の神像をつぎつぎに転げ落とすに及んで、彼らは茫然自失してしまった。恐怖と混乱の極みで、わずか百数十名のスペイン兵に二万ものインカの精鋭部隊が撃破され、王は略奪され妻を凌辱されたうえ、一室に幽閉された。ビラコチャたちのすべての残虐行為はつまるところ、彼らの用いる鉄とかいう破壊的な物質よりもはるかに柔弱な、ただ神々を美しく装わせる役にしか立たないあの太陽の汗、すなわち黄金への異常な執着に起因すると見て取った王は、ピサロの剣を借りて部屋の壁の上部、手の届く限りの高さにしるしを刻みつけ、その高さにまで部屋いっぱいに満たすと約束した黄金と引き換えに命乞いをした。むろん彼はその約束を守ったのだが、見返りとして彼が得たものといっては、処刑の前に洗礼を受けることによって、火刑を絞首刑に減ずるという慈悲深い措置でしかなかった。

征服者たちは言うだろう。すべてはあらかじめ定められていたとおりに。すべては主が預言者を通じて言われていたとおりに。およそどのような出来事であれ、あらかじめ預言され聖書に記されていなかったものなどはなかったのだと。だが、主はいつ彼らに許したもうたというのか、小羊によって第七の封印が解かれたとき、ヨハネの前に顕現したというあの天使の軍勢を僭称することを。

我ハ幻ノ中デ馬トソレニ乗ッテイル者達ヲ見タ。ソノ様子ハコウデアッタ。彼ラハ炎、紫、オヨビ硫黄ノ色ノ胸当テヲ付ケテオリ、馬ノ頭ハ獅子ノ頭ノヨウデ、口カラハ火ト煙ト硫黄トヲ吐イテイタ。ソノ口カラ吐ク火ト煙ト硫黄、コノ三ツノ災イデ人間ノ三分ノ一ガ殺サレタ。殺サレズニ残ッタ人間ハ、自分ノ手デ造ッタ物ニツイテ悔イ改メズ、ナオモ悪霊ドモヤ、金、銀、銅、石、木、ソレゾレデ造ッタ偶像ヲ崇拝スル事ヲ止メナカッタ。マタ彼ラハ、人ヲ殺ス事、マジナイ、淫ラナ行イ、盗ミヲ悔イ改メナカッタ。

だが、善と悪が陸と海のようにはっきりと分かたれていたあの時代に生きた伝道僧たちは、たしかにある意味では幸福だったのだ。ラス・カサス師は同国人の暴虐を目のあたりにし、征服というおぞましい悪行の数々を八十二歳の高齢で没するまで告発しつづけたが、彼の信仰の根幹はそのことによって微塵も揺らぎはしなかった。死後まもなく撤収が開始されたにもかかわらず、彼の著作は新大陸の修道士たちの心の支えでありつづけたし、わたしがセヴィーリャからリマへ、さらにはこの奥地へとたどり着いたのも、もとをただせば、百年の時差を越えてなお、頁をひらくたびに活字のひとつひとつがちりちりと炎となって立ち上がり、黄ばみ擦り切れた頁を燃え尽くすかにも思われた彼の、モーセのごとき激しい怒りに震撼させられたからにほかならない。わたしが神の御心にかなうなにごとかを為しうるとすれば、それはインディアスの地においてでしかない、そう思いつめるまでに。

この百年を耐えたラス・カサス師のことばは、紙の上であと百年、いや数百年のちにも生きのびるだろう。だが世界は百年のあいだになんとすさまじく変貌したことか。そしてわたし自身、ラス・カサス師に心酔したあのころといまとを隔てる十年足らずの歳月のうちに、その百年を凝縮して生きたのだ。いまあの当時の自分を思い起こそうとしても、それは逆さにした遠眼鏡の向こう側ほどにも小さくおぼろな姿としてしかよみがえってはこない。物質と同様、われわれの記憶もここアマゾナスでは恐るべき速度で朽ちていく。十八の年に故郷の村を出て、セヴィーリャの神学校と修道院で過ごした信仰の日々ばかりか、たかだか二年前に目のあたりにした「諸王の都」リマの隆盛のさまでさえ、いまとなってはひどく色あせた遠景に退いている。光り輝く大理石の副王宮殿、そこに四頭立ての馬車で乗りつける着飾った貴婦人たち、黄金に埋め尽くされた大聖堂における絢爛たるミサといった情景も、たしかにこの目で見、その場に居あわせたことがあきらかであるにもかかわらず、たまさか意識に浮かび上がってきた諸々の幻像のように感じられる。それでもいくつかの光景が、ふとした拍子にはっとするほどなまなましい手触りでよみがえることもあった。たとえば、受難週間に繰り出される無数の蝋燭と花々に埋もれた輿の上の、現世的な官能の匂い立つマリア像。連祷の十二の綺羅星をつけた冠の下で、純白のレースに縁取られて真珠母色に照り輝いているその愛くるしい顔は、下方で輿を支えるインディオたちの、忍従と苦悩を土くれに練り固めた仮面のような顔また顔と、極端な対比をなしているのだった。それらの沈んだ顔たちは、台座全体を覆い尽くしている熱帯の花々と、彼らが揃って身につけているまばゆい赤紫の長衣というふたつの強烈な色彩に上方と下方から押しひしげられた狭い闇の層のなかで、静かに波のようにひしめきあっていた。あるいは早朝の街角で、濃霧のなかからふいに現れた巨大な荷車の、覆い布の下から突き出ていたいく本もの黒い手足。リマでは周期的に疫病の流行に見舞われるたびに、骸を山積みにした荷車が石畳を軋ませながら城壁の外の共同墓地と街なかを往復するのだった。だがこうした映像の断片は、夢におけるそれと同様、そのあまりの鮮やかさのゆえにかえって現実との接点をもちえず、すぐに倦み疲れた日常の下に消えていく。そしてここでは日常そのものが、いつまでも目覚めの訪れないもうひとつの重い眠りにほかならなかった。

日が真上にきたとき、ディエゴは岩蔭にカヌーを寄せ、わたしたちはトウモロコシの粉と干し肉で簡単な食事をした。

「これから行く集落に、おまえも昔住んでいたことがあるのか」わたしはディエゴに尋ねた。

「いいや、わしらの一族は昔からサンタ・クララの近くに住んでいた。だが、もとをただせばわしらはみなおなじ部族で、おなじ祖先から生まれている」

「いつごろ分かれて住むようになったんだ。おまえの生まれる前か」

「そうだ。昔、わしが生まれるよりもっと昔、わしらはいっしょに大きな町に住んでいた。そこでは川は海のようで、向こう岸が見えないほど広かった。インカが治めるようになるもっと前から町はあった。だがスペイン人たちが攻めてくると聞いて、みな森に逃げた。そのときにたくさんの小さな村に分かれたのだ」

インディオたちにとって死者と生者は截然と分かたれているわけではない。彼らの時間は祖先のそれと切れ目なく繋がり、ときには平行して流れたりもしているため、ディエゴたちの一族が森に逃げたというのが正確にいつのことなのかはわからない。だがいずれにしても、そうした人々の住む場所に、布教目的とはいえおそらくははじめてスペイン人を連れて行くということは、ディエゴにとって多少とも危険を伴うことではないだろうか。

「おまえはどうしてその場所を知っているんだ。行ったことがあるのか」

「若いころに何度か行ったことがある。わしの妻はその村で生まれたし、妻の親族はいまでもそこに住んでいるはずだ」

「じゃあ、花嫁として彼女を迎えに行ったのか」わたしは彼の妻を知らない。わたしがサンタ・クララに来るずっと前に亡くなっているのだ。

「昔の話だ」

口調は無愛想だが、ふだんはきつく結ばれた唇の端のいく本もの深い縦皺が一瞬わずかにほぐれ、すぐにもとどおりに結び直される。インディオたち、とりわけ年老いたインディオの男たちはむだ話を一切しない。若かった彼がおそらくは浮き立つ思いで行った道を、いまどのような気持ちでふたたびたどっているのか、わたしに知るすべはない。

「そこまであとどのぐらいかかる」

「川を二日、森を一日」ディエゴは指を折りながら答える。

「もうひとつ櫂を作ってくれないか、わたしのために」

「なぜ？　この小さなカヌーを漕ぐのはひとりでたくさんだ」

「すこしでも早く着けるだろう。それに昔、わたしも漕いだことがある」おまえがあまりにも軽々と楽しそうに漕いでいるから、自分もやってみたくなったのだ、と言うのはすこし気が引けた。

「どこで」

「スペインで、子どものころだ」

「大きな船か」

「いや、これとおなじくらいの小舟だ」そう言うとディエゴは驚いた顔をした。

「スペイン人もインディオとおなじように木の舟を漕ぐのか」

「ああ、もちろんだとも」

わたしの最も幸福だった日々の記憶、少年のころの川遊びの情景がよみがえってくる。

ある特定できる出来事としてではなく、静止したひとつの風景としてでもなく、いくつもの似通った場面の重なりから、こまかくふるえながら漏れ落ちてくる光のように。そこにはいつも揺れる光があったのだ。たとえば水面を渡る無数の鳥たちに似た波のきらめき、魚籠《びく》のなかで跳ねる銀色の魚、舟ばたで裸足をばたつかせる悪童たちの水しぶきを浴びて笑いさざめく洗濯娘たち、そして彼女らの濡れた髪にまといつく虹色の光暈といったように。

「櫂はすぐには作れない」ディエゴは渋る。

インディオたちの櫂の先端は扇のように薄く広がっている。彼らは籠や敷物などは間にあわせの材料でまたたくまに編み上げるが、武器や舟など半永久的に使う大切な道具は、細心の注意をもって木を削り、何日も何週間もかけて川砂で入念に磨き上げて作るのだ。

「簡単なものでいいんだ。椰子の葉を使えばどうだろう」

ディエゴは黙って立ち上がると、山刀を腰にさして森に姿を消した。じきに材料をひと抱えにして戻ってくると、若木の幹の余分な枝を落とし、先端に椰子の葉の軸の部分を蔓でしっかりと縛りつけて、即席の櫂を手ぎわよく作っていく。

大きな匙の形をした櫂を両手で握って、水中でそろそろと動かしてみる。たちまち水は重く粘りついて手首を痺れさせ、渦を巻きながらわたしを引きずりこもうとする。水を撥ね散らかして悪戦苦闘するわたしをふり返って、ディエゴが顔中を皺だらけにして笑う。だがここアマゾンでもアンダルシアでも、櫂のとらえる水の感触にさほどのちがいがあるはずもなく、じきに身体は習い覚えた一連の動作をなぞりはじめる。櫂を垂直に深く立て、ついで脇腹に引き寄せながらこねるように動かし、水の奥に見えない楕円を描いてふたたび垂直に戻す。それを際限なく反復する。あのころといまとは、そして身体の奥深くがいまだに感触を覚えているアンダルシアの谷の澄んだ冷たい水と、このなまぬるい腐敗の臭いをたてる緑色の水とは、はるかな距離と時間を隔てながらもたしかに連続しているのであり、ふたつの異質の水の、目に見えない結び目を、この一本の櫂が探り当て、たぐり寄せる。

舟は水車小屋のじいさんのもち物だった。日曜日、ミサのあとでじいさんは町に嫁いだ娘の家で過ごすことにしていたので、その留守にわたしは村の子どもたちとこっそり舟をもち出し、昼下がりの川遊びとしゃれこむのだった。天気のいい日はずっと下流の中洲にまで足を伸ばして野鴨の卵を探したり、魚釣りをしたりした。そしていつも一日の終わりには、一杯機嫌のじいさんが小屋に戻ってくるまでに大急ぎで舟を返しに行くはめになるのだ。糸杉の黒い木立ちの向こうに日が落ち、川面に沈みはじめた影がものの輪郭を徐々に崩し去っていくと、さっきまでふざけ散らしていた悪童どももすっかり神妙になり、年長者はひたすら櫂を動かし、幼い者たちは舟底にしゃがんで息を潜め、だれもが灰色の水の上をただなめらかにすべっていく運動そのものに同化しようとするのだった。

あのときわたしたちの下を流れていった水は、やがて本流のグァダルキビル川に注ぎ、セヴィーリャの港からはるかな地の黄金を求めて出帆する色とりどりの帆船とともに、海へと吐き出されていったのだ。いま地球の裏側で、あのときの光景の遠い反映のようにわたしはもうひとつの水を遡る。ふたつを隔てる距離と時間は消失し、どちらが実体で、どちらが幻であるのかわからないまま、あるいはそのどちらもが幻であることを薄々知りながらも、わたしは遡っていかざるをえない。神に導かれているという幸福な確信もなく、繰り返し夢見られ、自分にとって最も近しいものでありながら、最も未知でもあるようななにものかが見いだされるはずの、無限に延期される瞬間に向かって。

わたしとディエゴは日没まで休まず漕ぎつづけた。太陽の縁と接すると、川面には金とばら色の縞が流れ、そこにすべり入る舟そのものも燃え立つ金に染まった。神がここアマゾナスにお与えになった持参金があるとすれば、それはこの流れゆく刹那刹那のおびただしい黄金にほかならなかった。つづいて一切が深い青に沈むと、わたしたちはふたたび舟を岸に繋いだ。昼間は静かだった森は獣たちの気配に満ち、ときおり悲鳴に似たホエザルの声が樹間から洩れてくる。わたしたちは毒虫や蛇を避けて舟のなかで眠った。

わたしが最初に改宗させた信徒、ロドリゴ師はディエゴのことをそう呼ぶ。

師の若いころの布教への情熱は語り草になっていた。なによりも師自身がミサの説教のなかで、新たな使徒行伝ともいうべき自らの物語を繰り返し語ってやまなかったのだ。単身森に分け入って、いくども殉教の危険にさらされたこと、建築中の教会をインディオたちの夜襲で打ち壊されたことなどなど。目の前で敬虔にひざまずく年老いた信徒たちが、ほんのひと昔前には獰猛な野獣に近い存在であったといわんばかりに。布教の大きな転回点となったディエゴの娘の死のくだりにまでくると、師の声はいっそう熱を帯び、説教壇の上で小柄な身体が伸び上がる。インディオたちのあいだでは畸形や障害は聖なるしると考えられていたため、生まれつき足が萎えていた娘は、部族のワカの花嫁として洞窟に閉じこめられて育った。ロドリゴ師は洞窟の奥にしつらえられていた祭壇を破壊し、この哀れな娘を救出して教会にかくまい、悪魔であるおまえの夫は死んだ、おまえはいまや自由の身だ、と言い渡した。だが娘は夫に操を立て、一切の食物を断ったあげく口と鼻から大量の血を噴いて急死した。師は彼女に臨終の秘蹟を施し、キリスト教徒として死なせてやったうえで、インディオたちを呼び集めて熱弁をふるった。見よ、血に染まった娘の亡骸を、これこそが悪魔に下された神の裁きの証拠である。神は哀れな娘の魂を悪魔から救いたもうたのだ。子どもたちよ、悪魔を捨てて神のもとに来るがよい。さもなくばこの娘のように突然の死がおまえたちを見舞うだろう……。彼らはビラコチャたちの神の力に恐れをなし、その場で改宗することを承知した。そのときまっさきに進み出て洗礼を受けたのがディエゴだったという。

この説教がいぜんとして力をもつためには、ディエゴその人が最前列につつましく控えている必要があった。しかも彼は福音化以前、部族の祭司の役割を果たしてもいたのだ。祭司とはいっても、ここで行われていたのは、インカの都市において発達したような、精緻に体系づけられた信仰には比べるべくもない未熟な祖霊崇拝であり、祭儀としてはせいぜいが聖所に狩猟の獲物やチチャを供えるくらいが関の山であった。いずれにしても、改悛したもと邪教の祭司であるディエゴは、キリストの輝かしい勝利の生き証人なのだった。

わたし自身、だれもいないこのおなじ祭壇に立つとき、当時の熱気の余韻にふと包まれていることがある。特別な場所のみの喚起する不可思議な記憶作用によって、あたかも二十年前自分もその場に居あわせ、血溜まりに横たわる娘の亡骸と、神の威力におののきひれ伏すインディオらを前にした昂揚感に身を委ねていたかのように。だがその感覚にすがりつき、確固たる観想にまで高めたいと願っても、つぎの瞬間にはこの二十年という、森との空しい戦いに費やされた年月、無限の停止、遅滞であると同時に、一瞬のうちに飛び去っていくめくるめく速度そのものでもある時間を前に、呆然と立ちすくんでいる自分を見いだすだけなのだ。

ロドリゴ師は聖職者としての栄達をとうに断念し、村に骨を埋める決意だった。それはたしかに彼の村であり、彼の教会だった。彼は人々の先頭に立ち、筏を組んで下流の町から煉瓦を運び、手ずから漆喰を塗り、生長することと腐ることとしかしないこの場所に、はじめて不滅の信仰の砦を築いたのだ。それがあくまで相対的な不滅性でしかないとしても。いま漆喰は湿気のため剝げ落ち、黴に覆われて黒ずんだ煉瓦の隙間には蔓草が喰い入っている。だが、修道士らが死に絶え、インディオたちがひとり残らず森に消えたとしても、畑や木造の住居や藁葺き小屋など、およそすべてのものが朽ち果てるなかで最後まで残るのは、やはりこの小さな教会であるにちがいなかった。

風土と過酷な労働のせいで、わたしがここに来たとき、師はまだ六十歳そこそこであったにもかかわらず、七十をとうに過ぎた老人に見えた。両目は白底翳《そこひ》に冒され、もはやほとんど文字を読むことができなかった。萎れた花びらのような瞼の奥の白濁した彼の目を見ていると、彼にとってまなざしとは現にある世界を見るためのものではなく、ひたすら自らの記憶の内側に閉ざされた映像をたどり直すためのものであると思えてくるのだった。アントニオ師が若いインディオの女をしばしば僧房に引き入れていることや、最近村からふっつりと姿を消した若者が、ハビエル師の寵愛を受けていたともっぱらの噂であることなどを、彼がまったく知らなかったはずはない。だが知っていたとして、この改宗村を実質的に運営しているふたりの悪行を表沙汰にすることは、そのまま村の解体を意味するのだった。自らの使徒行伝を語りつづけることにかろうじて生きる糧を見いだしていた彼は、リマから奥地への赴任を希望してはるばるこの地にまでやってきたわたしのうちに、おそらくは若き日の自分の姿を認めたのだろうか。若者よ、おまえの若さはわたしの希望であり、この地の希望であり、そして主の希望でもあるのだ、最初の日、そう言って師はわたしを固く抱擁し、干からびたふるえる両手でわたしの頬を包んだ。だが、ゆるやかな速度で死につつある者にとって、あらたに注ぎ入れられた血はよみがえりの力となるのではなく、むしろ血瘤となって流れを阻むのではないだろうか。

サンタ・クララ村に月に一度、こまごまとした日用品とともに舟で届けられるリマ管区長の書簡を、ロドリゴ師に読んで聞かせるのはわたしの役目だった。湿気を吸って紙は世紀を経た古文書のように黄ばみ、指の下でやわらかく撓んだ。当地における偶像崇拝根絶運動の進捗状況を報告し、ここアマゾナスでのさらなる布教を鼓舞する文面を読み上げている自分の声を、わたしはインディオたちにケチュア語で公教要理を説くときとおなじうつろな響きとして聞いた。紙の上で滲み溶けていくのを辛うじて堪えていた文字の群れは、わたしがそれを音声に変えるが早いか、意味のない塵となってあたりに飛散し、消えていくのだった。つづいて師は返信を口述したが、それはいつもいたって簡潔なものにとどまった。村に赤ん坊が生まれると、あらたに獲得した信者として洗礼名が書き加えられたが、そうしたことは稀だった。ほとんどの若者たちはすでに村を捨てていた。

わたしのうちですべては濁り澱んでいた。リマでの聖職者たちの腐敗ぶりを目のあたりにしたあとも、奥地での原始キリスト教会におけるがごとき清貧と布教の生活、という青臭い夢はまだ潰えたわけではなかった。だがここサンタ・クララでも、初期の教父たちや聖フランシスコのうちにたぎっていたであろう熱情は、ロドリゴ師によって執拗に反芻される夢幻的物語のなかに、わずかにその痕跡を読み取れるにすぎなかった。村に残ったインディオたちは、心優しくも彼の夢の名残りに奉仕するためにのみ、黙々と日々の務めを果たしているのだった。おなじ夢を追った同志であるフェルナンド師は廃人となり果て、裂けていくつもの襤褸《ぼろ》の房になった修道服の下に痩せさらばえた裸体を覗かせて、鳥のように甲高い声を発しながらよろめく足取りで村の女たちを追いかけたり、樹の根元に縮こまって手足を折り曲げ、一日中じっとうずくまったままでいたりした。

僧房での孤独な読書や思索も慰めにはならなかった。この地であらためてラス・カサス師の著作を読み、またインディアスの公式記録者であったシエサ・デ・レオンの『ペルー史』や、インディオの側から書かれた数少ない書物である、ガルシラソ・デ・ラ・ベガの『インカ皇統記』を繰り返し読んだ。ガルシラソは征服以前のペルーを、慈悲深い王を戴き豊かな自然に恵まれた理想郷として描き出していた。征服後、人口は十分の一になり、富を喰い尽くすリマやキトの栄華の周囲には、大火のあとのような渺々たる荒地がひろがっている。そして征服を許さないこの巨大な森の前では、キリスト教信仰そのものが非力だった。インディアスの福音化とは、おびただしい破壊と死にほかならなかったのではないか、コンキスタドーレスがあれほどまでも残虐になりえ、宮殿の広場を無数の死体で埋め尽くし、異教の祭礼に集った信徒たちを神殿に閉じこめて焼き殺し、その他およそ口に上せることすらおぞましい非道な行為の数々になんら良心の呵責なく耽ることができたのは、キリスト教の悪魔観のゆえではなかったか、との疑念がわたしをしつこく責め苛むのだった。そしてインディオたちはといえば、征服者を「神」として迎えたその篤い信仰心のゆえに、生きながらにして地獄の業火に焼かれるはめになったのだ。

わたしの信仰の危機にロドリゴ師がまったく気づいていなかったとは思われない。師の足もとに身を投げ、いままではつとめて押し隠してきた、自分のうちに濁り澱むものの一切をさらけ出すことは、ひとつの賭けだった。そうすればすべてを熱い涙のうちに溶かし去ることができる、との甘い期待を抱いていたわけではない。だがこのままでは遅かれ早かれ破滅は免れえなかった。わたしは晩課のあと僧房に戻ろうとする師を引きとめ、告解を願い出た。

「兄弟よ、おまえとおなじ疑いや迷いを、かつてのわたしが知らなかったと思うのか」

祭壇わきの暗がりで師の前にひざまずき、日々の勤行の空しさを、この地にいて信仰そのものが浸蝕されていくことへの恐怖を訴えるわたしのことばにひととおり耳を傾けたあとで、師はむしろ晴れやかな口調で言い放つのだった。「おまえがいま踏み迷っているのは、本国から伝道僧として渡ってきた者ならば、だれでもが一度は通らねばならない隘路なのだ。そこを抜けなければ真の布教者になどなれはしない。おまえがそのように悩み、救いを求めてわたしのもとに来ることはわかっていた、なぜもっと早く来なかったのか」

それでは救ってくださるのですね、わたしの心をふたたび清い信仰の光で満たしてくださるというのですね、声にならない思いがこみ上げて一瞬涙ぐみそうになり、わたしは修道服の粗い布地ごしに師の痩せ衰えた両足に接吻した。

「お教えください、師ご自身はそのときどのようにして隘路を抜け出されたのですか」

「われを捨てることだ。自分を空しくして、ただ伝道僧としての本来の職分をがむしゃらに果たすことだ。そうすれば神が導いてくださる」

「サンタ・クララでそれがどのように可能でしょう」

「ここが世界の果てではない。ここからさほど遠くないところにも、いまだ福音を知らない善良なる者たちが多く暮らしている」

「わたしに森にはいって布教せよとおっしゃるのですか。自分のなかに迷いがあるときに、どうして他人を説得できるでしょう」

「キリストは百匹の羊のうち、迷える一匹を最も愛したもうたではないか」

師にあって唯一衰えを知らない声、説教に磨かれたなめらかで強靭な声が、ひざまずいたわたしの頭上に垂直に降りてくる。かつていくたびも彼の窮地を救ってきたのであろう、深く明るく抑揚に富んだ声。

「迷いを無理に消してはならない。むしろすべての迷いを極限まで突きつめることだ。神にすべてを委ねれば、いつしか迷いが消えていると気づく」

師が命の危険を顧みず単身で密林にはいり、異教の祭壇を破壊し、洞窟から娘を救い出したのは、自らの迷いをふり捨てるためだったというのだろうか。毒を塗った吹き矢の暗い目をいくつも背後に感じ、足の萎えた娘を背負い、神の試練の重みに耐えつつ、おそらくは自らを聖クリストフォロスになぞらえもして、森のなかをよろめき歩いたのは。だが、女がひとりの男を思い切ろうとして別の男の腕に身を投げかけるように――主よ、このような比喩を許したまえ――迷いから逃れるために、その反対物へと激しく身を投じることで得られる信仰とは、はたして神の御心にかなうものであるだろうか。

すぐさまわたしはそうした疑念にとらわれた自分を恥じた。布教に捧げられたロドリゴ師の半生を貶めることはだれにもできない。疑念はむしろわが身へと向けられるべきものだった。ふり返ってみて、わたしに修道生活にはいることを、さらには新大陸での布教を決意させたのは、はたして純粋に神への愛、もしくはラス・カサス師への心酔のみであったと言い切ることができるだろうか。むろんセヴィーリャにおける修道士誓願が偽りであったわけではなく、また新大陸に旅立つ直前の司祭叙階式のおり、祭壇にぬかづいたこの身に神の御意志が満たされたと感じたときの至福をいまになって否定するわけでもない。だが当時のわたしは、現世の誘惑に心乱されまいと躍起になり、恐怖にも似た焦慮から信仰へと自らを駆り立てていたのだ。なぜあれほど逃れたいと願ったのか、少年の日々にはよろこびでしかなかった世界、夏の夜の青い闇に溶けたオレンジの花の匂い、朝の光のなかに、そのひとつひとつが世界を凝縮して映し出す極小の鏡である無数のこまかな水滴をまといつかせてふるえながら立っているオリーヴの木、あるいは真昼の蜜蜂と花々のにぎわしい交歓といった、官能に満ち満ちた世界を。あの世界の美しさそのものを憎んだわけではなかった。わたしを苦しめていたのは、快美をひとたび感受するや、すべてを腐蝕させ汚辱と破滅へと引きずり落とさずにはいないこの穢れた肉体であり、そこを容れ物として流れる暗い血のたぎりにほかならなかった。それを圧殺し、ひたすらな神への献身で穢れをそそぎたかった。あのころのわたしは、光や水や風に神への賛歌を聞き取った聖フランシスコの境地といかに隔たっていたことだろう。

「このように言うことをお許しください。ときどき、すべてはまちがいではなかったかと思えてくるのです。わたしがこの地に来たことも、さらには、そもそもわたしたちがインディアスに福音をもたらしたということも。師は彼らが福音を知らぬままであったほうが幸福だったかもしれないと、お考えになったことはないのですか」

「それについてはとうの昔にラス・カサスが述べている。インディオらをキリスト教徒にしたうえで彼らを迫害するのなら、最初からなにもしないほうがよいと。それとこれとはまるで別の問題だ」師の声はあきらかに不機嫌な調子に変わった。「おまえになにがわかる。砂地に水の染みこむように、無知なる異教徒たちの魂に福音が染みわたっていき、やがて内から神の光が輝きはじめるのを見るときの喜びを、おまえが知っているというのか」

「そのような喜びをどれほど欲していたことでしょうか。しかし、いまのわたしにはひどく遠いものに思われます」

「はるばるこの地にまで来て、おまえにまだ失うものがあるのか。パブロ、なにをそんなに迷っているのだ。森に行くがいい。なにも恐れることはない」ロドリゴ師はふと夢の続きに帰るように、優しい声音を取り戻すのだった。「神はまだおまえを見捨ててはおられない。神を知らない者たちがおまえを受け入れ、おまえを通して神の光に触れえたとき、おまえはそのことを知るだろう」

「それが神の御心ならば、従うほかありません。すべては御心のままに」

わたしは答え、師はわたしの頭にふるえる手を置いて祝福を与えた。立ち上がって抱擁と接吻を受け、わたしは師のひび割れた唇から洩れる屍臭に似た臭いを嗅ぎ、力強くことばを繰り出すときにはすこしも気づかせなかった、萎み衰えた肺臓の喘ぎを聞き取った。師が神のもとに召される日はさほど遠い先ではないのだろう。植物は終わることのない生成と循環のうちに不死であるが、わたしたちの生はあまりにも短い。

教会の前で別れるとき、師はふたたびわたしを抱擁して言った。「ディエゴを案内につけよう。森を知り尽くしている男だ。二十年前、森から出てわたしの最初の信徒になったあの男が、わたしの兄弟にして息子であるおまえをいま森へ導いてくれるとすれば、これほど喜ばしいことはない」

師の声にはすこしの翳りもなかった。ふだんは乳濁した小さな一対の水溜まりにしか見えない師の目は、日没後に消え残った明るみと均衡して底まで澄み、あたかもふたたび世界を明晰に見ることができるようになったかのように、わたしをまっすぐにとらえていた。あるいはそれは、わたしを送り出すことによって厚みを増すであろう自らの物語を、ひたすら慈しむまなざしだったのだろうか。


わたしの出立をだれもが祝福してくれたわけではなかった。

「考えてみればおかしな話だ」出立の前夜、借りていた祈祷書を返しにハビエル師の僧房を訪れたさい、彼は辛辣な口調で切り出した。「ここに来てすでに七年になるが、ロドリゴ師が奥地にはいって布教するようわたしに勧めたことは一度もない」

彼はわたしが礼を言って差し出した祈祷書を受け取ろうとはせず、腕組みしたまま顎で傍らの机に置くよう指示した。まくり上げた僧服の袖から浅黒い筋肉の束が紡錘形に盛り上がっている。彼はわたしよりも小柄だったが、わたしは目の前の彼に圧せられるように感じた。わたしがサンタ・クララに来て以来ずっと彼の示しつづけているこうした拒絶的な態度は、彼がインディオの男たち、とりわけ若者に向けるからみつくような視線とは対照的だった。

「それはあなたなしでは村が立ちゆかないからでしょう。わたしはここでたいして役に立っているとはいえませんから」

「ふん、信仰はおまえたち本国生まれのガチュピンが、肉体労働はわれわれクリオーリョが引き受けるというわけだ」

ふだんロドリゴ師にはあくまで恭順の意を示している彼が、このようにあからさまな不満を漏らすのは意外だった。

「そのような区別をロドリゴ師がしておられるとは思いません。あなたに布教の意志があるなら、なぜそう申し出なかったのですか」

「布教の意志、そんなものなどありはしない」彼は自嘲ぎみにつぶやいた。「ここでの暮らしを維持していくので精一杯だ、そうではないか。いまさら奥地の布教どころではない、そのことはロドリゴ師もよく承知していたはずだ。だがガチュピンのおまえがやってきて、また昔の夢が性懲りもなく頭をもたげてきたわけだ」

「あなたも最初は布教への情熱に燃えて、キトからサンタ・クララに来られたのではなかったのですか。そうでないとしたら、そもそもなぜ伝道僧になられたのです」

だがこの問いかけはとりもなおさず自分自身に向けるべきものであり、わたしはいま奇妙な罠に落ちこんで、あたかも鏡を覗きこむようにこの壮年の狷介な修道士に対しているのだった。

「おまえに理解できるはずもない、おなじスペイン人でありながら、現地で生まれたというだけで、動物に近い野蛮な人間と蔑まれる者たちの心情など。しかも神の前の平等を声高に言う聖職者たちの世界でこそ、いっそう差別は熾烈なのだ。この村でインディオたちと暮らすことはわたしの安らぎだ。キトで彼らはひどい目にあっていた。ここではすくなくともそのようなことはない」彼はわたしに向かって話しかけるというより、自身の内部を覗きこんでいるかのようなうつろな目で言った。

「あなたは家畜や犬をかわいがるようにインディオに接しているだけだ。ロドリゴ師があなたに布教を命じなかったはずです」

わたしは奇妙な苛立たしさにとらわれて思わず口走ったが、ハビエル師は怒りをあらわにするでもなく、わずかに肩をすくめてわたしを見、哀れむような色を浮かべた。

「おまえは若い。彼らを力ずくで従わせるのがおまえたちガチュピンのやりかただ。だがわたしはちがう。ここで彼らに癒されているのはわたしのほうだからだ」

去勢された家畜を愛するように、あなたはここのインディオたちを愛しているのです、そう言おうとしてわたしはことばを呑みこんだ。ならば彼らにとって信仰は去勢なのだ、そう囁く声がわたしのなかにあった。


翌朝は出発の前、挨拶のためフェルナンド師の小屋に立ち寄った。挨拶するといってても、わたしがサンタ・クララに来て以来、師に理性が戻ったことは一日としてなかったのだが。師は小屋の隅の暗がりで柱にもたれ、痩せた身体をふたつに折り曲げて、両腕で抱えこんだ膝のあいだに頭を埋めていた。染みの浮いた頭皮にまばらに生え残った灰色の髪が垂れていた。傍らで、いまや夫婦同然に世話をしているアナという名のインディオの老婆が豆の莢《さや》を剝いていた。

「眠っておられるのか」わたしはアナに訊いた。

「さあね、眠っていても起きていてもおなじことさ。もう前ほど暴れたり叫んだりしなくなったので、わたしは楽だよ。近ごろではよくこの恰好のままで夢を見ているんだよ。

ときどきわけのわからないことばで、なにかぶつぶつぶやいたりしているからね」

理性を失って以来、師はケチュア語をきれいに忘れ去っていた。わたしが屈みこんで鶏の足先のような手を取ると、師はゆっくりと頭を起こし、赤く爛れた目でわたしを見た。わたしはスペイン語で一語一語切りながら話しかけた。これから、森に、行きます。福音を、ひろめるために。昔、あなたが、なさったように……

両目の底にわずかに残った青色が、不安げに揺らめいた。片側が強直したままの唇をふるわせながら、師は「森《セルヴァ》……森……」と苦しげに繰り返した。唇の端に溜まっていた汚れた泡が顎を伝って流れ落ちた。

「森……悪魔《デモニオス》……悪魔……」声はしだいに大きく不明瞭になり、意味のない喚き声に変化していく。自身の声にいっそう恐怖を煽られたのか、師は目の前のなにかを追い払おうとするかのように、両手を激しくふり動かしはじめた。

「なんて言ってるのさ、この人は」アナは手を止めて気づかわしげに尋ねた。

「森には悪魔がいる、と言ってるみたいだね、どうやら」わたしは当惑しながら答えた。

「この人はあんたを止めているんだよ。わたしだって止めたいところさ」アナは言い、フェルナンド師の背中をさすって「さあ、喚くことはないよ、なにも怖いことはないからね」と赤子をあやすように言う。

「この人を寝かせるよ。ちょっと手を貸しておくれ」

わたしはフェルナンド師を抱え上げるが、その身体は驚くほど軽い。師はまだ唇をぴくぴくふるわせているが、喚くのをやめ、意外にも子どものように素直にわたしに身を委ねてくる。壁ぎわの寝藁に横たえると、すぐにまた手足を小さく縮め、横向きのままで膝を抱えこんでしばらくすすり泣いていたが、それもじきに静かになった。

「やれやれ、パブロ、あんたはなんだっていまさら森に行くんだい」アナは豆を盛ったざるのそばに戻り、わたしに尋ねた。

「それは……キリストの教えをひろめるためだよ。昔この方がおまえたちにしたように」

「あんたたちは欲張りだよ。いまのままじゃ満足できないっていうのかい。サンタ・クララだけで十分じゃないか」アナの言っていることはハビエル師とおなじだった。

「でも、主なるキリストご自身が聖書のなかで述べておられるのだ。全世界に行って、すべての造られたものに福音を宣べ伝えよ、と。だから満足ということはありえないのだ」

「それはそうかもしれないけど、わたしはあんたのことを心配して言っているのさ」

「気持ちはうれしいけれど、アナおばあさん、あんたも若いころは森に住んでいたのだろう、なぜそんなに森を恐がるのだ」

「あんたたちがわたしたちに森の恐ろしさを教えたんじゃないか。あんたたちが最初っから言いつづけてきたことさ、森に悪魔たちが棲んでいるっていうのは」アナはあたりをはばかるようにいくらか声を低めた。「こんなことを言うとロドリゴさまに叱られるにちがいないけれど、わたしたちは森に悪魔がいるなんて思っちゃいないのさ。森にはわたしたちに見捨てられたワカやワリ（祖先）たちがいるだけだよ。でも、ワカやワリはいまじゃわたしたちをひどく恨んでいるんだ。もうわたしたちを護ってくれるどころか、月夜になると村にこっそりやってきて、畑を枯らしたり、わたしたちを病気にしたりするのさ。この人の頭がおかしくなったのも、ワリたちのしわざに決まっているんだよ。だからパブロ、気をつけなきゃだめだよ」

外ではロドリゴ師をはじめ見送りの人々が、そしてディエゴがわたしを待っていた。わたしは豆を剝きつづけるアナを残して小屋を出た。あんたたちは欲張りだよ、と言った彼女のことばが胸に刺さっていた。わたしも百三十年前、〈身代金の部屋〉いっぱいの黄金に満足できなかった者たちの末裔のひとりだった。

三日目、わたしとディエゴは支流に分け入った。この流れに沿ってしばらく行けば、目ざす集落があるはずだった。川底は浅くなり、わたしたちは水藻や岸辺の植物に櫂を取られながら、漕ぐというよりはのろのろと這うように進んだ。水はもはや流れているようには見えず、水底の堆積物によって黄褐色、暗紫色、ときには血のような鮮やかな赤色になり、そこに葉叢の影が黒い網をかける上を、ところどころどのような光の反射作用によるものか、群青の空のきらめく断片が揺れていた。さらに行くと頭上の梢は両側からからみあって洞窟のようになり、樹間から洩れる光が暗い水面を鈍く光らせるだけとなった。わたしはおそらくここを行く最初のヨーロッパ人にちがいなかった。わたしはディエゴに導かれて征服以前の時間をも遡っていたのだ。百三十年前の断層をいったん飛び越すと、あとは無限にも思われる神話的時間のなかに沈んでいくしかなかった。

いっぽうディエゴはすっかり無口になっていた。ひらけた風景のなかをともに漕いでいたときの朗らかさは影を潜め、なだれ落ちてくる蔓植物を黙々と山刀で払い、ときにはカヌーを下りて腰まで水に浸かりながら、行く手を阻む朽木や倒木を取りのけた。あたりの地形はしだいに起伏を増し、岩場が流れを堰いて小さな滝となっているところでは、ふたりで力を合わせてカヌーを引っぱり上げねばならなかった。ついにこれ以上進むことができなくなったとき、ディエゴはカヌーを岸に繋ぎ、小枝や葉をかぶせて注意深く隠した。

流れに沿って歩いていくと、また川は広くなるはずだ、集落はそのすぐ先にある、とディエゴは言った。わたしたちは荷物を手分けして担いだ。密林にはいるとディエゴは粗織りの上衣を脱ぎ捨てて短い腰布だけになり、老いによって余分な肉を削ぎ落とされた、精悍な樺《かば》色の裸体をあらわにした。密林のなかは昼でも薄暗く、裸足のディエゴが軽々と歩んでいくところを、わたしはいくども足をすくわれて転んだ。落ち葉や泥の堆積の下に、樹木の根が網の目のようにこまかく張りめぐらされているのだ。足もとはひどくぬかるんでいて、くるぶしまで泥に埋まった足を引き抜くたびに、腐敗した土壌の臭いが鼻を突いた。つま先から滴り落ちる泥のなかに、自分の肉や骨もすこしずつ腐って溶け出している気がした。

だがディエゴの言うとおりだった。二十年ぶりにはいるこの森の正確な地図が彼の頭のなかに畳みこまれていた。やっとのことで沼沢地を抜けると、明るい林のなかに澄んだ浅瀬が広がっていた。わたしが川で衣服と身体についた泥を洗い落としているあいだに、ディエゴは川べりの樹間に椰子の葉で葺いた簡単な小屋がけを作り、わたしたちはその下で眠った。

ひと晩中蚊の襲来に悩まされたあとだっただけに、明け方の眠りは重苦しかった。梢や葉の擦れる音で目が覚めた。目の前の川面を、薄青い靄がゆっくりと動いている。ふたたびすぐ近くで梢の折れる乾いた音がし、そちらをふり向いたとき、林から半身を現わしたジャガーと目が合った。火口湖のような深い翡翠色の瞳がわたしを射すくめ、一瞬のちに金緑のまばゆいふたつの鏡に反転した。わたしは声を出すことも、呼吸することもできず、つぎの瞬間自分を打ち倒し、引き裂くであろうこの美しい獣をくまなく見た。獣はインカの神官たちがまとう仮面のように無表情だったが、黒いゴムを思わせるなめらかな唇から、薔薇色の歯茎と純白の牙を剥き出していた。十歩ほどの距離があったにもかかわらず、その火のような息がわたしの顔を焼いた。

一切が宙吊りになり、空間と時間が一分の隙もなく重なりあったあの時間は、実際にはごく短いものだったのだろう。やがてジャガーは重さと軽さの渾然となった動きで身を翻すと、もと来た林のなかへ歩み去った。夢を見たのだろうか、とわたしは自問した。青ざめた光のなかに浮かび上がった金と黒の肌は、その尋常ならざるまばゆさゆえに、夢と現の波打ちぎわに姿を現わす幻影のひとつにも思われた。

口のなかがひどく乾いていた。ようやく身体を動かして川の水を飲もうとして、わたしはすぐ隣りにいたディエゴに気づき、あれが幻などではなかったと思い知った。ディエゴは膝をつき両手をだらりと垂らしたまま、口をぽかんとあけ、まとまりのない表情でジャガーの去った方角を見つめていた。

「ワカの使いだ」ディエゴはつぶやいた。「わしらのようすを探りにきたのだ」

「森のなかでジャガーに出会うのは、そう珍しいことでもないだろう」わたしは平静を装った。「そもそもおまえたちは、キリスト教徒になる以前は、ジャガーを捕えてその毛皮を剝いでいたのではないのか」

福音のもたらされる以前、インディオたちにとってジャガーが広く信仰の対象であったことはわたしも承知していた。インカの王や貴族はこの聖なる獣の皮を身にまとい、神官たちはその黄金のレリーフ像を祭服に縫いつけて権威の象徴としていたのだ。

「わしらの部族はジャガーを殺したことなどない。ジャガーはワカの使いだ。とりわけ明け方に見るジャガーは」

「どうして明け方なんだ」

「なぜなら、それは夜と昼が出会うときだからだ」

ディエゴは宙を見据え、古い記憶の地層に埋もれた言葉をそっと掘り起こそうとするかのように、胸の前で両手の指先をそよがせた。彼の主張は、現にこの獣と対面したばかりのいま聞いたのでなかったら、およそ荒唐無稽なものに思われただろう。ジャガーは輝く黄金色と黒い斑点によって昼と夜をひとしく表わしているのだから、明け方はジャガーの聖性が最もきわだつ時間帯なのだ。それというのも闇と光が交替するとき、ジャガーは紋様を背景に溶かしこむことによって不可視の存在となるからだ。ワカはこのときをとらえて獣のうちに宿る……。

ディエゴたちの部族のワカが実際にどのような姿で礼拝されていたのか、わたしは正確には知らない。邪教の偶像はとうの昔にロドリゴ師らによってことごとく没収、破壊されていた。それらはむろん、クスコの神像のように瑪瑙や翡翠を嵌めこんだ黄金でできていたわけではなく、したがって煮溶かして延べ棒にする手間もいらなかった。たいていは石ころを素朴に刻んだだけの、人間やジャガー、蛇などが渾然一体になったこのうえなく醜悪なキメラだったという。

「おまえは立派なキリスト教徒なのだから、ジャガーはただの獣にすぎない」

「いや、ここではキリストは弱い。ここでキリストに供え物をする者はだれもいないからだ」

「キリストは供え物によって動かれる方ではない。キリストはおまえのなかにおられる」

そう説得しながらも、わたしのなかにも不安が色濃く流れこんできた。ディエゴのキリスト教徒としての二十年はなしくずしに崩れていこうとしていた。インディオたちにとって、キリストはしばしば、従来のワカたちに取って代わる、より強力なもうひとりのワカにすぎない。それがスペイン人にのみ利益をもたらすものだと見て取るや、彼らの信仰はたちまち形骸と化し、儀礼や供物の惰性的反復に堕する。征服当時、またたくまに強大なインカを滅ぼした新たなワカに恐れをなして、インディオたちはわれがちに洗礼を求め、司祭たちは屋外の急ごしらえの礼拝所で、何百人ものインディオをいちどきに洗礼せねばならなかった。初期伝道僧のうちには、生涯に四十万ものインディオに洗礼を施したと豪語する者もあったという。黄金に目の眩んだコンキスタドーレスとおなじように、彼らの目に、礼拝所に押し寄せるインディオの群れは、川底に敷きつめられた砂金のように映ったにちがいない。彼らはそのおびただしい金によって神の国を富ましめたと信じたのだ。その無邪気な高慢のつけを、これから先もわれわれは長く払いつづけることになるのだろう。

「キリストがわしのなかにいるとしても、この場所にもとからいるワカに比べれば、その力は取るに足りない。だからこそ、おまえたちはここにも教会を作ろうとしているのではないのか」ディエゴは食い下がる。

「キリストはどこにいてもおまえを護ってくださる。よい神は悪魔よりも強い」

わたしは伝道僧がインディオを説得するときの決まり文句を用いてディエゴをなだめるしかなかった。インディオたちに普遍的真理というものを理解させるのはむずかしい。彼らにとって、本来神とはそれぞれの部族の始祖であったり、特定の場所や動物、石ころなどに宿るものであったからだ。それにだれよりもわたし自身が、錯綜と渾沌そのものであるこの地に、神の光をあまねく行き渡らせることへの無力感に蝕まれていた。

「そうだ、おまえの言うとおりだ、たしかにキリストは強い。わしの娘、ネシラはキリストの怒りに触れて死んだのだ」ディエゴはつぶやき、わたしははじめてワカに妻として捧げられていた娘の名を知った。

ネシラ、その名を知るだけで、ロドリゴ師の布教史の一登場人物でしかなかった哀れな娘の死は、ふいになまなましい肌触りを帯びはじめるのだった。その死が神の御心によるものであったのか、あるいは彼女自身の絶望のゆえであったのか、いまとなって知るすべはない。いずれにしてもロドリゴ師は、救い出した娘の突然の死を、嘆く間もなく決然とサンタ・クララの隅の石としたのであり、そのような一種の冷酷さも、師の伝道僧としての資質をなしていたのにちがいなかった。

それはたしかに劇的な出来事だったのだ。邪教の祭司であったディエゴをたちどころに改宗させてしまうほどの。ネシラの死とは、じつはひそかに師自身によって欲望され準備されたものだったのではないか、そのように疑うことははたして不当だろうか。すべからく肉という肉が滅びゆくもの、いずれ腐り土に還るべきものであるならば、祭壇に供えた花々の匂い立つ闇のなかで、揺れる火影に姿を現わす悪魔に身をひらきつづけてきたやわらかな肉を、その盛りのさなかにただちに神の手に償還しようと師が欲したからといって、どこに不思議があろう。女というものは愛撫してくれる者に、相手がたとえだれであろうとたちまち魂を明け渡してしまうのだから。セヴィーリャでの日々、わたしを堕落させようとしたあの浅黒い肌のジプシー娘たちのように。夜ごとの忌まわしい愛撫から娘を引き離し、ひとたびに神の手に委ねることで、ロドリゴ師はひとつの魂を救いえたと信じたのだ。

ネシラ、はじめて聞く名前でありながら、わたしは彼女をすでに知っている、との恐ろしい確信がわたしを射すくめる。そうだ、わたしはたしかに彼女を知っていたのではないか、その湿った唇、陽にさらされたことのないやわらかな肌、蔓草のようにしなり巻きつく腕、青く光る刺青をうねらせながら覆いかぶさってくるその下腹までも、すべてを知り尽くしていたのではないか。不眠と眠りのはざまでわたしを苦しめてきたあれらの終わることのない植物の夢のなかで、わたしに這い寄り、からみつき、締めつけてきたものは、つねに枝や蔓や茨の茂みの形をしていたわけではなかった。わたしの夜々を犯しつづけた女夢魔《スクブス》のもの狂おしい感触が、殺されたネシラの記憶と重なりあい、ひとつの像を浮かび上がらせる。インディオたちはなにかにつけて言ったものだった。自分たちに見捨てられたワカやワリはいつも復讐の機会を狙っており、月夜になると村にこっそりやってきては、災いをもたらしていく。寿命をまっとうする前に病で死ぬのも、作物が枯れるのも、畸形児が生まれるのもワリたちのしわざなのだと。サンタ・クララの老いた母親たちの嘆きを思い出す。行ってしまったよ、あの子はもう帰ってこない、若い女のワリが夜連れ戻しに来たんだ、キリストさまにもそれを止めることはできなかった。

旧約の神は淫蕩な女どもを容赦なく裁かれる。エゼキエル書において、若き日に乳房を握られ、処女の乳首を摘まれた姉妹、驢馬のような肉をもち、馬のような精をもった者の側女であることに焦がれ、欲情を抱いたすべての者、およびその偶像によって身を汚したオホラとオホリバの姉妹は、ついには裸をあらわにされ、死によって裁かれる。彼女らに誘惑された男たちは、彼女らを殺すことで神への償いを果たす。神の怒りは二千年をへて、インディアスという女、多情の肉を金銀で飾り立て、さまざまの偶像を崇める大淫婦を前にしたコンキスタドーレスのうちに炸裂する。

ソレ故オホリバヨ、主ナル神ハカク言ワレル。我ハ汝ノ心ガ離レタ愛人ドモヲ呼ビ起コシ、汝ニ立チ向カワセ、彼ラヲ周囲カラ汝ノモトニ来サセル。彼ラハ皆好マシイ男達デ、知事、長官、指揮官、戦士、スベテ馬ニ乗ル者達デアル。彼ラハ武装シタ戦車、車、軍勢ヲ以ッテ汝ヲ攻メ、大盾、小盾、兜ヲ以ッテ汝ヲ取リ囲ム。我ハ裁キヲ彼ラニ委ネタノデ、彼ラハ自分達ノ裁キノ仕方デ汝ヲ裁ク。我ハ熱情ヲ以ッテ汝ニ立チ向カイ、彼ラハ憤リヲ以ッテ汝ヲアシラウ。彼ラハ汝ノ鼻ト耳ヲ削ギ取リ、残ッタ者ハ剣ニ倒レル。彼ラハ汝ノ息子、娘達ヲ連レ去リ、残ッタ者ハ火デ焼キ尽クサレル。彼ラハ汝ノ衣服ヲ剝ギ取リ、美シイ飾リヲ奪ウ。……

主ナル神ハカク言ワレル。彼女ラノ為ニ会衆ヲ召集セヨ。彼女ラヲ恐怖ト略奪ノ的トセヨ。会衆ハ彼女ラヲ石デ打チ殺シ、剣デ切リ倒ス。マタ、彼女ラノ息子、娘達ヲ殺シ、家ヲ火デ焼ク。コウシテ我ハコノ地ノ不貞ヲ止メサセル。スベテノ女ハコレニ学ビ、不貞ニ従ウ事ハナイ。不貞ノ報イハ汝ラニ帰シ、汝ラハ偶像ニヨル過チノ責メヲ負ワネバナラヌ。ソノトキ汝ラハ我ガ主ナル神デアル事ヲ知ル。

ジャガーの出現は一連の不吉な出来事のはじまりだった。その日一日わたしたちは川に沿って歩いたが、集落を見つけることはできなかった。彼らはこの土地を捨て、さらに森の奥深くへと引きこもったのかもしれなかった。しかしいかに森の復元力が驚異的であるとしても、付近に住居や畑の痕跡らしきものがなにも見当たらないのは奇妙だった。川が二十年のあいだに大きく流れを変えることなどあるのだろうか。ワカがおれたちを迷わせている、ディエゴはそう言ったが、わたしにはもはや反論する気力が失せていた。

真昼の密林は静かだった。ときおり遠くの梢で鳥のさえずりが聞こえるが、姿は見えない。生きものたちは植物の生い茂る隙間に身を潜めて息を凝らしている。苔むした巨木の幹の一部がふわりと剝がれたかと思うと、チチ、チチと乾いた音をたてて羽搏きながら繁みの奥に消えていく。小鳥ではなく、樹液を吸っていた蝶なのだ。あるいは手のひらほどの大きさの蝶が、瑠璃色の鱗光を波打たせながら明るい樹間をよぎり、つぎの瞬間には翅を畳んで朽ち葉の堆積のなかへすっと溶けていく。ぬかるみに足を取られてそばの枝を掴むと、固いはずの表面がうごめきはじめ、びっしりと蝟集していたなにかの幼虫が、いっせいに赤い肉角をふり立てて臭い汁を指にからめてくる。いま目に見えているのは、生きものと植物が寸分の隙もなくからみあって織りなしている表層であり、場面ごとに入れ替わる舞台の書き割りのように、いくまい剝がれてもまた背後にあらたな騙し絵が浮かび出る。剝げば剝ぐほど、奥に踏みこめば踏みこむほどに、密集の度は増すばかりなのだ。

食料が尽きかけていた。ディエゴは吹き矢や弓をもってきてはいなかったし、即席の槍を作ったとしても、このあたりの森にはバクや野豚などの大きな獲物はいなかった。夕方ディエゴは椰子の葉を細かく裂いて撚りあわせ、椰子の実の固い部分を削って作った針をつけて、簡単な釣り道具をこしらえた。ディエゴが川原で火を起こしているあいだ、わたしが魚釣りを引き受けた。

川べりの泥を手で探ると、血のように赤いミミズがいくらでも取れた。だがこんな粗末な道具で簡単に魚が釣れるとは思えなかった。それに少年のころのわたしは優秀な釣り人ではなかった。故郷の川で鱒やウグイなどを釣り上げたときの喜びは、その前後の長い退屈な時間に挿入された、例外的な瞬間に過ぎなかった。

針を水に入れると、ほとんど間を置かずに手応えがあり、皿のミルクを猫の舌が打ちつけるようなピチャピチャというせわしない音とともに、きらめく小魚が水面に姿を現わした。釣り上げた魚を籠に入れ、餌をつけ替えた。するとまた、待ちかねたように新しい魚が喰いつくのだった。その繰り返しだった。このあたりに棲むすべての魚たちが針を目ざして押し寄せてくるかのようだった。わたしは憑かれたように魚を捕りつづけた。我ニ従エ、我、汝ラヲ人ヲ漁《すなど》ル者トセム、そう主に呼びかけられる瞬間を恐れつつ待ち望む思いで。針がはずれて水中に失われたときには、すでに籠はいっぱいになっていた。

とうに日は沈んで、森は漆黒だった。水の上にだけ菫色のほのかな明るみが消え残っていた。籠を火のそばに近づけてみて、はじめてそれらがひどく奇妙な魚たちであることに気づいた。暗灰色に赤い腹びれをもつ平たい小さな人喰い魚たちは、サンタ・クララでもしばしば食卓にのぼったが、そのほかは見知らぬ魚ばかりだった。みな手のひらにおさまるほどの大きさで、金や銀、あるいは青銅色の光沢のある肌に、ジャガーのものとおなじ黒と焦げ茶の複雑な文字を浮き出させている。文字をもたず、したがって書物というものの存在しないインディオたちのこの土地で、あたかもこれらの魚や獣は無数の生きた書物であるかのようだった。だがそれはだれの手によって記され、だれに読ませるためのものであったのだろう。さらに不気味なのは魚たちの顔だった。それらはおよそ魚らしくなかった。あるものは百歳の老人のような皺だらけの謎めいた表情をし、またあるものは猫のように毛深かった。ふつう魚にはあるはずのない瞼をなかば閉じた、天竺ねずみそっくりの眠たげな顔をしたものもいた。そのすべてが籠のなかで苦しげに身をよじり、髭を生やした口もとを動かして、聞き取ることのできない呪文を唱えつづけていた。

主が世の初めにこれらすべての魚たちを創造し給うたと考えることは、わたしにはできなかった。そのようなことをするのはだれか別の神、気のふれた神だけだろう。荷物から取り出した塩をふりかけると、魚たちはおとなしくなったが、あいかわらず唇だけは動かすことをやめなかった。ディエゴは無造作に魚たちに串を刺し、つぎつぎに火のなかに入れた。煙が上がり、炎の下で魚たちが輝く肌から汗を滴らせてたちまち黒ずんでいくのを見ていると、われ知らず残酷な昂ぶりにとらえられた。自分が焼いているのが魚ではなく、邪教徒たちであるような気がした。口に入れると魚たちはどれもこのうえなく美味だった。食べはじめてようやくひどく飢えていたことに気づき、わたしは骨も内臓も喰い尽くした。

翌朝、きょう一日探して集落が見つからなかったら引き返す、とわたしはディエゴに言い渡した。ディエゴは無言でうなずいたが、旅のはじめのころとは打って変わってその表情はうつろだった。彼への信頼はすでに揺らいでいた。一昨日支流に分け入った時点でまちがいを犯していた可能性が高かった。集落に行き当たらないばかりか、人間の足跡、草が踏みしだかれたり、枝が折れたりした形跡すらなかった。あのジャガーを最後に、獣に行き会うこともなかった。わたしたちは森のなかで完全に孤立していた。それでいて、たえずなにものかに見張られているような圧迫感があり、すこしでも隙を見せれば、それが四方八方からひしめきあいながら押し寄せてくる気がした。

流れはさらに浅く、細くなり、昼ごろついに地面に吸いこまれて消えた。切れぎれに残ったいくつかの水溜まりの、最後のものが一面盛り上がり、金属を煮溶かしたように銀色に沸き立っていた。よく見ると水ではなくて、蝶の群れなのだ。数百羽もの蝶が密集して、きらめく塊をなしている。暑い日ざかりに川べりで吸水する蝶の姿はサンタ・クララでもよく見かけたが、これほどの大群ははじめてだった。わたしたちが近づいても飛び立とうともせず、黒に縁取られた透明石膏《セレナイト》の薄片のような翅をこまかく開閉させながら、細長い口を砂地に差し入れて水を吸い上げている。陽に灼かれてちりちりと燃え上がりそうになる身体を冷ましているのだ。

「蝶たちが川を飲み尽くしてしまった」ディエゴがつぶやいた。「ワカがわしらを迷わせているのだ」

わたしたちはしばらく立ち止まったまま、呆然と蝶の群れを見つめていた。おびただしい鱗片のきらめきが音もなく時間を埋めていった。ふいにディエゴが急激な動作を起こし、荒々しく蝶たちのなかに足を踏み入れた。蝶たちはいっせいに舞い上がり、光をはらんだ濃密な雲となって彼を包みこんだが、じきに切れぎれに散乱していく隙間から、山刀で左右の蔓を払いながら、消えた川を追って繁みにはいっていく後ろ姿が見えた。

「ディエゴ、戻ってこい」

大声で呼んだが、彼はふり返らなかった。わたしはあとを追う気力もなくその場に坐りこみ、ディエゴが戻ってくるのを待った。踏みにじられた数羽の蝶が、目の前で砂にまみれてもがいていた。飛び立った他の蝶たちは、しばらくするとふたたび小さな群れごとにはらはらと砂の上に舞い降り、なにごともなかったように仲間の屍骸のそばで吸水しはじめる。よく見ると、吸うばかりではなくて、黒と白の縞のやわらかい腹をぴくんとふるわせるたびに、尻の先からきらめく水滴がほとばしり落ちている。ここでは生きものも植物も、鉱石でさえ、光と水を無限に循環させるための容れ物にすぎないのだ。ぼんやりと目の前の光り波立つ表面を見つめていると、それは視野全体を侵蝕しはじめ、わたしの存在そのものも揺らぎふるえながら陽に溶けていくような心もとなさに襲われる。

その一面のきらめきのなかに意識がふっと溺れていったのだった。膝を抱えたままで気を失うように眠っていたと気づいたとき、空は翳りはじめ、蝶も一匹残らず姿を消して、目の前には灰色の砂地が横たわっているだけだった。ディエゴがまだ戻っていないとわかり、不安が塊になって喉もとにせり上がってきた。ディエゴの消えた繁みにはいると、足もともおぼつかないほどに暗い。目が慣れるのを待って、しばらく前に彼の通った跡をたどり、いくども名を呼び、つまずきよろめきながら藪を掻き分けて進んだ。

密生した繁みをようやく抜けて小さな空き地に出たが、巨木の倒れたあとらしいその場所で、彼の痕跡は途絶えてしまった。もとの場所に戻るべきだと思ったが、最後にもう一度声をふり絞って呼ぶと、叫び声はたちまち森に吸いこまれ、ついですこしの間を置いて鈍いかすかな谺《こだま》を返してくる。しばらく待ってみてやはり谺だったと思いなした刹那、今度ははっきりと、空き地の向こうから長く尾を引く呻き声が聞こえた。羊歯の繁みを掻き分けたところで、わたしは仰向いて倒れているディエゴを見つけた。

一瞬それが青黒くむくんだ死体に見え、ディエゴ、といま一度名を呼び、駆け寄って肩を揺すぶると、ディエゴはふっとまなざしを動かしてわたしの姿をとらえた。

「パブロ、気をつけろ、〈藪の王〉がまだこのあたりにいる」意外にしっかりした声で言い、傍らの低い藪を指で示す。「やつはわしに噛みついてからも、ここを動こうとしないんだ」

影の底にぼんやり光る大きな塊が沈んでいた。やがてそれは絹を引き裂くような細く鋭い音とともに中心からほどけはじめ、先端が長く、人間の背丈をしのぐほどにも長く、まっすぐ斜め前方に伸びていく。淡い木漏れ日の斑が、金色の背に描かれた鎖状の菱形模様と重なりあい、つぎつぎにすべり落ちる。そのさまはあたかも幻術によって空中に浮かび上がった黄金の錫杖、あるいは巨大化したモーセの杖のようであり――主ハ彼ニ「汝ノ手ニ持ッテイル物ハ何カ」ト言ワレタ。彼ガ「杖デス」ト答エルト、主ハ、「ソレヲ地面ニ投ゲヨ」ト言ワレタ。彼ガ杖ヲ地面ニ投ゲルト、ソレガ蛇ニナッタ。主ハモーセニ、「手ヲ伸バシテ尾ヲ掴メ」ト言ワレタ。モーセガ手ヲ伸バシテ掴ムト、ソレハ手ノ中デ杖ニ戻ッタ——あるいはここアマゾナスが、神の手によって閉ざされたのちほしいままに生い茂ったエデンの園であるならば、その東に置かれた炎の剣、植物とともに巨大化したあの黄金の剣のようでもあった。先端部に嵌めこまれた縞瑪瑙《オニキス》のような漆黒の目、無毒の蛇たちの縦にすぼまった邪まな目とはまるで似ていない、そのつぶらな、愛らしくさえある目をくるくると動かして蛇はわたしを見た。ついですこしも口をひらくことなく、先がふたつに分かれた赤い舌を水平に長く伸ばして二、三度舐めずると、それでもうわたしについてはすべてを知り尽くしたとでもいうようにふいと動きやめ、ついで重い衣擦れの音とともにふたたび影のなかへと後退していく。

蛇が藪の奥に姿を消すまでのあいだ、枝を折り取って追い払うことにも思い及ばず、わたしはただ恐怖で凍りついていただけだった。ようやくわれに帰ると、ディエゴの上に屈みこんで傷のようすを尋ねた。サンタ・クララでも、これほど巨大なものではないが、毒蛇に噛まれたインディオを治療したことはいくどかあった。

「むだだ。〈藪の王〉にやられて助かった者はいない。それにあいつは足に噛みついたあと、わしが倒れると腹にも噛みついたんだ」ディエゴは脇腹に穿たれた二条の細長い傷を指し示した。

森の奥深く棲む〈藪の王〉と呼ばれる大蛇について、インディオたちが朝噛まれれば夕方には死ぬと恐れていたことを思い出した。わたしは蔓で足の傷口近くを縛ったが、腹のほうはなすすべがなかった。何度も傷口に唇を当てては、唾液といっしょにわずかばかりの苦い血を吐き出してはみたが、すべては手遅れだった。血管にはいった毒は全身をめぐり、皮膚の下で黒い筋になって浮き上がりはじめ、ディエゴは身体の内部から網に捕えられて動けなくなった動物のように見えた。喉の渇きをしきりに訴えるので、わたしは流れにまで戻って瓢箪に水を満たし、唇の隙間に流し入れてやった。だがいくら飲ませても毒に冒された身体は水を受けつけず、水はただ皮膚の下に浮腫となって滞るばかりで、渇きはいっこうに満たされるようすはなかった。最初はむしろ赤く火照って見えたディエゴの顔は、時間とともに鉛色に変色しはじめ、人間というよりもなにか石の仮面に、少年のころ新大陸帰りの商人に見せてもらった、火炎形の眉の下の重い瞼と垂れた唇に人間の窺い知ることのできない憂いをたたえた半人半ジャガーの面に似たものと化し、あたかも彼の見慣れた顔、老いやつれてはいるものの、無表情で端正なインディオの顔の下に隠されていたその第二の顔が、いまや表面にゆっくりと浮かび上がってくるかのようだった。そして水を飲んでいるとき以外、こわばり厚みを増した唇からは、ひっきりなしに低い呻きが洩れるのだった。

樹々のあいだに青い闇が沈みはじめるころ、ディエゴはすっかり静かになり、水も欲しがらなくなった。暗闇のなかで彼が死んでいくことへの恐れから、わたしはすぐにも告解の赦しを与えたいと願った。だが驚くべきことに彼はそれを拒んだ。サンタ・クララではキリストに従う。でも森はインディオのワカのものだ。わしはここで死ぬことになったのだから、ここの掟に従って死なせてもらいたい。いまやひと筋の裂け目のようになった唇から洩れる息にかろうじて声を乗せて、ディエゴはそう訴えるのだった。それはなんら驚くべきことではなかったのかもしれない。わたしたちにとって肉体は魂の覆いにすぎないが、彼らインディオにとってはしばしば、キリスト教徒としての魂のほうが脱ぎ着のできる覆いであったのだ。そんな彼に向かって、おまえの改宗は偽りだったのか、おまえは娘の死に打たれて自らキリスト教徒となることを望んだのではなかったのか、と問いただし、その変節を責めることにいまさらどのような意味があっただろう。だが彼の拒絶に取り乱したわたしは、そうせずにはいられなかった。

キリストに仕える前、わしはワカに仕え、その妻であるネシラに仕えていたのだ。ネシラはわしの娘でもあった。ロドリゴさまはワカを破壊し、ネシラは死んだ。娘が死んだなら、墓を守るのは父親の役目だ。スペイン人たちのあいだではそうではないのか、とディエゴに逆に問い返されて、わたしはサンタ・クララの教会裏の小さな墓地とそこに眠る死者たちを思い起こした。修道士が亡くなると、町から舟で何日もかけて取り寄せた大理石の墓石に名前と生没年、ラテン語の墓碑銘が記される。意味も知らぬままに、鑿で美しい書体を刻むのは手先の器用なインディオたちだ。だが彼ら自身の墓の粗末な木の十字架には名前すら記されていないことも多く、教会が葬った最初の死者であるディエゴの娘の墓が、いったいどこにあるのかわたしは知らなかった。朽ち果て、肥った白い蛆虫どもの寝床と化した十字架のなかから、かつての悪魔の妻の墓を見分けることは、おそらくロドリゴ師にもできないだろう。

わしがワカに仕えていたということを、あの蛇はわしに思い出させにきた。あいつに会ったのは今度がはじめてじゃない。あいつとわしは古い知りあいなのだ。昔このあたりの森で出会ったことがある。わしはあいつのことをずっと忘れていたのだったが、いまはすっかり思い出した。夢から覚めたように、そうだ、長い夢から覚めたように。

あの蛇が古い知りあいだったとディエゴが言うとき、彼は厳密にあの蛇、あの個体を指していたのではなく、およそ蛇という蛇が皮を脱ぎ替え脱ぎ替えして、おなじ蛇でありながらたえず別の蛇へと転生していくように、彼が生涯で出会ったあの〈藪の王〉と呼ばれる黄金の蛇は、一匹でありながら複数の、無数の蛇であって、それはちょうど夢がいくつもの層をなし、ひとつの夢から覚めたと思うや、また新たな夢のなかにいるのとおなじだった。そのようにしてインディオたちは長いあいだおなじひとつの夢を見つづけてきたのであり、さらにはこの深い森そのものが夢とおなじ構造をもっているのであって、わたしもまた夢の連鎖をたどっていまここに、すべての悪夢の結び目であるような奥まった場所にいるのだった。

森に棲むあまたの蛇のうちでも、〈藪の王〉は特別なのだ。それはジャガーと同様聖なる獣、その土地のワカの化身であり、その証拠に両者はいずれもこの世のはじまりに配置された天の星々の図を、闇と光を反転させて肌に焼きつけている。これらの獣の牙にかかって死んだ者の骸は、村にもち帰って埋葬することなく森に放置して獣や虫たちへの施しとするのが慣わしで、それというのも死者はワカへの供物であり、人間がワカの森の獣を狩り、樹を伐り倒すことへの贖罪のしるしだからだ。

死を前にした奇妙な平安のなかで、そのような意味のことをとぎれとぎれに語るディエゴの声は、いまや個人的な特徴を失ってざわめき立ち騒ぐ古い記憶そのものとなり、重くひしゃげた肉の層の彼方から響いてくるのだった。人間が風の音や水のせせらぎを止めることができないのと同様、そのざわめきがわたしを包み、通り過ぎていくにまかせるほかなかった。ロドリゴ師なら悪魔の戯言と一蹴したであろうこれらの古い物語と、師自らがインディオ教化のために紡ぎつづけてきた言説のあいだに、どれほどの懸隔があるというのだろう。あるとすれば、いっぽうがそれを声高に語りつづけたのに対し、他方は長い年月頑なな沈黙のうちに保持してきたということではないのか。そのように思ってから、自分は、すでに決定的に瀆神者の側に身を置いている、と気づいて慄然とする。キリストは言われた。我ヲ信ズル者ニハ次ノヨウナ徴ガ伴ウ、彼ラハ我ガ名ニ依ッテ悪霊ヲ追イ出シ、新シイ言葉ヲ語ル、手デ蛇ヲ掴ミ、マタ毒ヲ飲ンデモ決シテ害ヲ受ケズ、病人ニ手ヲ置ケバ直ル、と。いまふたたび邪教の手に落ちたディエゴは蛇の毒によって死んでいこうとし、おなじく信仰の薄いわたしは彼を癒すことができないでいる。だがいぜんとしてわたしは、死を神の秩序へと導き入れる一連の手続きをなぞることによって、ディエゴの魂のみならず自分自身の魂をも救いたいと切望していたのだ。いずれにしても、いまこのときの自分の無力は耐えがたかった。

「ディエゴ、おまえの娘、ネシラがサンタ・クララの墓地のどこに埋められているのか言ってくれ。わたしがおまえのかわりに墓を守るから」

わたしの申し出にディエゴはわずかに頬を緩め、一瞬ふだんの表情を取り戻したかに見えた。「墓地に生えている一番大きなアチョーテの木がわかるか。そのすぐそばだ。ネシラを埋めたあとでわしが植えたのだ」そう穏やかな声で答え、しばらく間を置いてから「わしの妻もそこに埋めた。ネシラの世話ができるように。アチョーテの木のそばなら、月の夜にはその白い花を髪に飾ることもできるし、赤い実で化粧することもできる」と言う。

その木には見覚えがあった。アチョーテはインディオたちが赤の染料を得るために栽培する灌木で、棘に覆われたまるい実を割いてびっしり詰まった種を取り出し、すりつぶして土器や籠に彩色する。衣服をまとう以前は男も女もその鮮やかな赤で顔を染め、肌に斑紋や縞を描いて森の背景に切れ目なく溶けこんでいたのだ。キリスト教徒はインディオが蛇を神の使いとすることを彼らの悪魔崇拝の証しとしたが、彼らに裸体の羞恥を教えたわれわれこそが、ある意味で蛇であったのではないのか。福音を知る以前、ネシラの陽にさらされたことのない、自分の足で歩いたことすらないやわらかな肌は、毎日母の手によってすみずみまで洗いなめされ、椰子油を塗って揉みほぐされたにちがいない。仕上げには赤い汁をまぶした指先が、昨夜の愛撫をなぞりつつ胸や腹や腰一面に模様を描き、首には斬首により殉死した聖女のように赤い環を描く。

パブロ、パブロ、ふたたびわたしの名を呼ぶ声が聞こえる。パブロ、おまえはここから早く立ち去ったほうがいい。ここでキリストは森のワカに勝つことはできない。明るくなったら流れに沿ってカヌーのところまで戻れ。か細くはあるが落ち着いた声が耳もとで囁きかけている。いつのまにかディエゴの傍らで眠りこけていたのだと気づく。濃い闇のなかを手探りで彼の身体をなぞり、その手を捜し当ててそっと握りしめると、もはや人間の肌の感触ではなく水を詰めた革袋のように硬い。このまま死んでいくのだ、わたしについてきたばかりに、そう思って嗚咽がこみ上げてくるが、ディエゴは相変わらず穏やかになだめあやす口調で、パブロ、おまえはカヌーを漕ぐのがうまい、サンタ・クララまではすぐに戻れる、と言い、こわばり膨れた指先をかすかに動かしてわたしの手を握り返す。死んでいく彼のためにわたしがしてやれることはなにもなかった。粘つく汗に濡れてすでに死の臭いを放ちはじめているその身体をさすりつづけることのほかはなにも。だがじきに闇と見分けがたくなった重い眠りが、土砂のようにわたしになだれかかってくる。

朝の光のなかでディエゴはすでに冷たかったが、顔の腫れはすっかり引いて、年老いたインディオの慎ましい面貌を取り戻していた。わたしには彼の最期を看取ってやることすらできなかった。わたしが眠りに落ちていったあとも、ディエゴはひとりで死の苦痛を耐えていたにちがいなかった。明け方朦朧とした意識の隅で、ネシラ、と呼びかける深い溜め息のような声を聞いた。それは夢の切れ端だったのか、それともディエゴの最期の吐息だったのか。わたしはひざまずいて十字を切り、長いあいだ祈った。主はわたしのもとには降りてこられなかった。主がここにおられないことをわたしは知っていたし、わたしの祈りが主に届くべくもないこともわかっていた。だがわたしはその作法しか知らなかったし、そこにしかすがるものがなかったのだ。遺体をこのまま放置するようディエゴは言っていたが、剝き出しで虫や獣に喰い荒らされていくのは忍びなかった。穴を掘って埋めるだけの体力は残っていなかったので、わたしは山刀であたりの枝葉を払い、亡骸の上に積み上げてそれを隠した。

一日歩けばカヌーのところまでたどり着けるはずだった。だが自分がいつ歩き出したのか、どのくらいの時間歩きつづけているのか、思い出すことができなかった。疲れと飢えのためばかりではなく、森には人間の知覚や記憶を麻痺させる作用が働いているらしかった。蟻やブユなどに刺されて皮膚のあちこちが腫れ、黒く変色していたが、まるでわたしという人間の皮を着ているだけであるかのように感覚がなかった。皮の下で小さく縮かんだ魂が、身体のどこかの隙間からふっと洩れ出ていってしまいそうだった。ただ、ディエゴのもとに駆けつけようとして藪のなかで転んだときに傷つけた左足首が、しばらく前から疼いていた。傷口から薄桃色のふやけた肉が覗き、じくじくと透明な液が染み出して、周囲の赤黒く腫れ上がった皮膚を光らせていた。そこにわだかまる痛みだけが、意識と肉体をかろうじて繋ぎとめていた。

痛みはいよいよひどくなり、こめかみに上って激しく脈打ちはじめたが、逆に地面を踏みしめている感覚のほうは薄れていった。一歩、また一歩と、傷ついた足先を目の前の地面に投げ出すことだけに気持ちを集中し、身体を垂直に貫く痛みにすがるようにして歩いた。しまいには、わたしという存在自体がこの苦痛の感覚そのものになって、森のなかを亡霊のように漂っている気がした。

そのようにしてどれほど時間が過ぎたのだろうか、ふとあたりに目をやって、たどっていたはずの流れがいつのまにか視界から消えているのに気づいた。全身の血が冷たく凝るのを感じ、失われかけていた身体の重みが一瞬にしてわたしを地面に釘づけにした。方向を誤って逆にたどったのか、それとも途中で別の方向に踏みこんでしまったのか、いまとなってはわからない。向きを変えて戻ろうとしたが、たったいま通ってきたはずの道すら、すでに重なりうごめく植物の層に呑みこまれている。インディオにとっては無数の意味ある徴に満ちているのであろう空間は、わたしにとってはあらゆる細部がうねり増殖する生きた迷宮にほかならなかった。人を迷わせるべく周到な計算に立って構築されたものであれば、それをしのぐ知力によって脱け出ることも可能だろう。だがここではあらゆる部分はひとつとしておなじではなく、たがいのわずかの差異が無限の反復を呼びこみ、無数の葉の一枚一枚がさまざまの明度で光を跳ね返すやわらかな鏡であり、人の内部から自身のあずかり知らぬ形姿を引き出し、歪曲と増幅の限りを尽くして送り返してくるという、鏡面にいくつもの瘤をつけた「魔女」と呼ばれる鏡を覗きこんだときのように、見れば見るほど眩惑の度を増していくのだった。もはやあらゆるものは堅固な形を失っていた。植物と光と闇がこまかく入り組みつつ溶けあい、あたりは一面にきらめく鱗状のヴェールとなってなだれ、行く手を阻み、わたしにからみつき、押し返し、地面に引きずり倒そうとした。そしてヴェールの襞のいたるところにはジャガーや蝶や、あの呪われた魚たちの皮膚に刻印されているのとおなじ無数の目が隠れていて、それらはさざめきながらつぎつぎと閉じていきまたひらいていき、そうしてわたしを追跡することをやめなかった。いまやこの森のなかで、わたしは渾沌を神の輝かしい秩序へと引き上げる導き手などではなく、糸かせを失くしたテセウスですらなく、まさしく瀕死のミノタウロスであり、どうあがこうとも、どこへ逃れようとも、いぜんとしてわたし自身が迷宮の中心でありつづけるほかはなく、この迷宮が消滅するとすればそれはわたしが死ぬときを措いてないのだった。そうと知ったとき、もはやなにかを探す必要も、なにかから逃れる必要もなく、ただそこにいるだけ、自らが中心であるというめくるめく感覚の渦にゆっくりと溺れていくだけで一切はこと足りた。痛みにすがって立っている必要もなかった。わたしは肉も血も、骨までも溶け崩れていくような脱力感に襲われて地面にくずおれ、腐敗した土と根の匂いを深々と吸った。

熱で全身が燃えるようだった。蛇に噛まれたわけではない、膿んだ傷口の熱が広がっているだけだ、そう自分に言い聞かせはしたものの、この熱が冷めたとき死ぬのだという考えが、むしろ甘美な誘惑のように浮かんだ。顔を仰向けると、暗がりから光へと階梯をなしてせり上がっていく緑の穹窿が目の前にあった。かつてやはりいまのように、世界の中心にいるという感覚を強く肉体に刻んだことがあった。故郷の村からセヴィーリャに出てきたばかりのころの、大聖堂における最初の聖体拝領、空とおなじほどの高みになめらかな曲線を描きつつ整然と連なる大理石の大枝の下を、垂直の青暗い深みの底を、輝く内陣へと歩んでいったときの、一切の凝縮する点へとただひたすらに向かっていくあのふるえるような喜びの記憶がよみがえる。そして口のなかに溶けていくキリストの身体の甘さ――取ッテ食ベヨ、コレハ我ガ肉デアル――主はわたしを満たし、わたしの肉体は透明な輝く塵の集積と化して、つぎの瞬間この人工の森いっぱいに飛散し、もはや祭壇もなく、内陣も身廊もなく、巨大な聖堂とわたしと神はひとつに溶けあい、すべてはすべてを照らしあい、映しあっていた。だがあのときの浄福感といまとはなんと隔たっていたことだろう。ひとつの形態が他のいくつもの形態をはらみ、ひとつの偽装が暴かれた先から、つねにその下にいまひとつの偽装が立ち現われる世界、秩序が生まれいでる以前の茫洋たる渾沌ではなく、密集と繁茂の行き着いた果ての渾沌である狂気の世界、あらゆる家畜、あらゆる野の獣のうち最も呪われたるもの、生涯を這い回り塵を喰らい女の末裔《すえ》に頭を砕かれるべく定められた蛇が、そこでは黄金に輝く王であるようなこの忌まわしくも倒立した世界は、しかし異様な美しさをもってわたしを包んでいた。

砕けたステンドグラス、いや、それよりももっと薄くはかないかけらが、いくつもゆるやかに舞いながら落ちてくる。赤や青の極彩色にきらめきながら、花びらよりも軽く、重さをもたないもののように、しかしやはり下へ、下へと、わたしの上に降り積もってくる。熱による幻覚なのか、あるいは腐敗臭に引かれて集まってくるという蝶たちなのか、それならばわたしの肉体はすでに臭いはじめ、すべてのものが腐りついでよみがっていく循環へとなかばすべり入っているのだ……穢れた屍衣を破って光のなかに転生する蝶、無数のキリスト。

青い光が一面満ちていた。眠っていたのか、気を失っていたのか、いまいちどわたしは生の側に呼び戻された。狭い場所からもがき出ようとするせわしない動きが、すぐ近くから伝わってきた。夜のあいだずっとその切迫した気配は続いていて、深みへなだれていこうとするわたしの意識を引き戻しては浮きつ沈みつしていたと思い出す。音のするほうへいざり寄って落ち葉を掻き分けてみると、小枝で編んだ籠のなかで暴れている小さな黒い獣が見つかった。インディオたちが食用にする大ねずみだ。成長すると兎ほどの大きさになるが、これはまだ子どもらしい。わたしがここに倒れる前、インディオが仕掛けていた罠に夜のあいだにかかったのだろう。鳥や小動物がなかへはいると、枝のばねの力で籠の蓋が閉まる仕組みになっている。ねずみはわたしに気づいて動きを止め、褐色のよく光る目でじっとわたしを見つめた。

今日中にインディオはかならず罠を調べにくる、そう思うと一瞬目が見えなくなるほどの安堵に襲われた。周囲の事物はすみやかに限界づけられた姿を取り戻し、それとともに肉体の苦痛も戻ってきた。空腹は感じなかったが、傷ついたくるぶしが燃えさしのように痛み、喉はひどい渇きで塞がっていた。投げ出していた瓢箪を捜し当て、わずかに残っていた水を飲んだ。あとはねずみの子どもとひたすら待つだけだった。時間が耐えがたいほどにのろく感じられた。ねずみはすっかりおとなしくなって、籠の隅に身を寄せてわたしを窺っていた。時間の観念があろうはずもないこの生きものも、ひたすら罠から抜け出せる瞬間を、すなわち死を待っているのであり、この小さな獣はわたし自身だった。アマゾン本流の密林で毒矢に射抜かれたアウグスティヌス会士や、筏に縛りつけられて川に流されたイエズス会士など、さまざまに伝えられる伝道僧たちの殉教のさまが、梢の蔭から覗き見た光景のように、あざやかに浮かんでは消えた。彼らが神の国への入城の確信のうちに従容として死を受け入れたのか、いまとなってはだれも知ることはできない。肉体的苦痛としてのみ襲いかかる死を恐れる以上に、自分の死が名誉の殉教として伝えられることをわたしは恐れた。それは神への二重の裏切りに思われた。

それから雨が降りはじめた。すべてが彎曲し歪みとぐろを巻く世界のなかで、光とともに唯一垂直に降り注ぐものである雨。それはすぐに熱帯特有の激しい雨となり、頭上にひらいたわずかの空間からいくつもの滝になって注ぎ、わたしは口をあけて喘ぎむせながらそれを飲み、ふたたび苦痛を忘れ、身体の上を奔流が快楽のように流れ落ちていった。雨が激しさを増すと周囲は白一色に閉ざされ、わたしは皮膚をいくつもの槍の穂先で強く、繰り返し刺し貫かれているように感じ、水は身体に穿たれた無数の穴を通って地面に溢れつづけ、あたりは濁流と化した。いまや穴だらけになったわたしの身体は水面に浮かび漂い、やがてすべての樹木、すべての獣たちとともにすさまじい勢いで流されはじめる……。

雨はどのくらいのあいだ降りつづいていたのか。まだ葉先からたえまなく水滴が滴り落ちていたが、木漏れ日が頬をかすめて揺れていた。すぐそばで湿った草を踏むやわらかな足音がし、つづいて短い叫び声が聞こえた。目をあけると、まだ少年といってよい若者がわたしの上に屈みこんでいた。若者は背後をふり返ってふたたびなにか鋭く叫んだ。しばらくは何の気配もしなかった。彼は傍らの罠を調べたあとで、また仲間たちを呼んだ。わたしは彼の視線の先をたどり、暗い繁みのそこここから、梢とおなじ色、おなじ形の影がするすると伸び広がり、いくつかの人がたとなって浮かび上がり、長い吹き矢を手に、音もなくこちらに向かってくるのを見た。

風が吹き抜けていく。低い竹の寝台に横たわっているわたしの身体は光の縞になっている。椰子の葉で葺いた卵形の住居は、竹を縦に割ったものをぐるりと並べて壁にしているため、竹の隙間から射しこむ光がこの空間にあるものすべてを一様に淡い金色の縞に染める。わたしとともに捕えられたねずみの子どもが、土の床の上をちょろちょろと走ってくる。床の縞模様がそこだけまるく盛り上がり、黒いつややかな背を光はつぎつぎに流れ落ち、無数の弦の上を掻きならされる音符のように、光のさざ波を引きずりながらこちらに向かってくる。わたしが食べ残した皿のなかの芋粥を狙っているのだ。

ここは村の長老であるワマン老人の家だ。老人は壁の反対側の寝台で半身を起こして、隙間ごしに外を眺めながらコカの葉を噛んでいる。彼はやもめで、隣りに住んでいる孫娘のカチャが日に何度か世話を焼きにくる。カチャは最初にわたしを見つけたチュキという名の青年の妹だ。彼女がいまはわたしの世話も引き受けている。

縞の一部が裂け、光の領域が大きく広がる。入り口の扉が開いて、カチャとチュキの妻のノルカが立っている。ノルカの足に幼い男の子がしがみついて、こちらを窺っている。女たちはワマン老人に声をかけてから、まっすぐにわたしのほうにやってくる。彼女たちは腰に草の繊維で編んだ簡素な布を巻きつけただけの裸だが、広やかな胸の上でそり返っている乳房にも、なだらかな起伏を見せる腹にも、青の染料で幅広の縞や蛇の目模様がびっしりと描かれていて、そのためにわたしは羞恥で目をそむける必要がない。子どもはずっとノルカの蔭に隠れて、大きな目だけを光らせてわたしを見つめている。

カチャは乳鉢のような小さな器を手にもっている。わたしのそばに腰掛けると、足の傷のようすを確かめてから、器のなかのどろどろした暗緑色の液体を指ですくって傷口に擦りこむ。こらえきれずにわたしが呻くと、三人はくすくす笑い出す。

「これはなに、薬草？」わたしは痛みに顔をしかめながらカチャに尋ねる。

「そう、傷にきく草をノルカが摘んできたの」

「ありがとう」わたしはノルカに言う。「この子は君の子どもなの」

ノルカは笑い、はにかんで首を横にふる。「弟よ、一番小さい弟」

「名前はなんていうの」

「ティトゥ」カチャが答える。ふたりは並んでいると双子の姉妹のように見分けがつかない。いや、すこしちがう、ノルカの腹部はわずかではあるが、カチャよりも盛り上がり、赤らんだ淡い艶を放っている。身ごもっているのだ、たぶん。ほっそりした少女の身体の、腹だけがこのまま薄くまるく張りつめていき、月が満ちるとたいして苦しむこともなくなめらかに分娩するのだろう。チュキは近いうちに父親になるわけだ。

ティトゥは姉の前に出てくると、青いニスをかけたように黒い大きな目を瞠《みは》ってわたしを見つめる。最初の一日でこの小さな集落のほとんどの人間がわたしを見にやってきたが、この子はいまはじめて姉にせがんでついてきたのかもしれなかった。五、六歳くらいだろうか。インディオの子どもは鹿や猪といったある種の動物の仔のように、大人とはすこしちがう色目をしている。大人たちは樺色の肌に漆黒の髪だが、子どもたちは全体に色が薄く、青みを帯びている。ティトゥも肌はオリーヴ色で、やわらかな褐色の髪にはところどころ金茶色の筋がはいっている。彼は恐る恐るわたしの腕に触れ、なにも言われないとみるとだんだん大胆になって、皮膚を撫でてみたり引っ張ったりしはじめた。なま白い肌に密生している軟毛が珍しいのだ。わたしはあちこち虫に射されて変色し、こまかな染みの浮き出た肌を恥ずかしく思う。彼らの肌は無毛で、なめされたばかりの革のようにつややかだ。

ティトゥはそのうちわたしにも飽きて、ねずみの子どもを追いかけて遊びはじめる。四つんばいになってすばしっこく隅に追い詰めていくが、ねずみはティトゥの手をすりぬけ、キーキー鳴きながら反対の方角に走っていく。ふたつの大小の影が光の縞を波打たせながら部屋を横切っていき、女たちは鈴をふるような声で笑い、空間全体がきらめきふるえる。

「あれをどうして殺さなかったの」わたしはねずみを指さしてふたりに尋ねる。「きみたちは食べるために罠をかけるんだろう」

チュキはあのとき、わたしを見つけたすぐあとで罠を調べたのだった。わたしよりもそちらのほうが重大な関心事だといわんばかりだった。ねずみを籠から引っぱり出すと、まずしっぽをつまんでぶら下げ、慎重に重さを量っていた。そして肩にかけていた袋に大切にしまい、逃げないように袋の口を細く裂いた葉で器用に縫い閉じた。わたしは横たわったまま、その一部始終を貪るように見ていた。インディオというものをはじめて目にするかのように、そして彼が、ひどく長い期間孤独でいたあとに出会ったはじめての人間であるかのように。

「あれはまだ小さいから」ノルカが答え、「子どもはすぐには食べないのよ。家のなかで育てて、肥らせてから食べるの」とカチャが続ける。
「ぼくのことも食べてしまうのかい、肥らせてから」と言うと、女たちは笑い、カチャが「あんたは十分大きいわ、いまでもおいしそうよ」と答え、ふたりはいっそう弾けるように、身をよじってもつれあいながら笑う。ここに運びこまれて以来、熱に浮かされていたあいまあいまに、人の気配や囁きが波のように寄せては引いていき、わたしの処遇について議論しているらしい男たちの甲高い早口のケチュア語が、意味をよく聞き取れないままに断片的に耳に飛びこんできたのを覚えているわたしにとっては、まんざら冗談でもなかったのだが。それにしても彼らがわたしを受け入れたのは、わたしがあまりに無力な子どもに等しい存在であったからにちがいなかった。彼女たちは笑いつづけ、その声は樹間でにぎやかに囀る小鳥たちのようにあたりの空気をさざめかせ、そのこまかな波がわたしに向かってつぎからつぎへと押し寄せて、病み疲れた肌を摩擦する。

わたしが寄宿することになったワマン老人は、一日中家のなかで籠やさまざまの細工物をこしらえていて、仕事をしていないときはコカの葉を噛みながらぼんやり坐っている。腰は曲がり、くすんだ色の肌は弾力を失って、あちこちが不均衡に膨らんだり萎んだりしている。うなじのところで切り揃えた灰色の髪も、落ち窪んでうるんだ眼も、すべてはやわらかく脱色してまるみを帯び、若いインディオたちの角立った激しさの片鱗も残してはいない。

夕方、カチャが食事を運んできてくれた。つぶしたユカ芋を平たく伸ばして焼いたものと、その日の猟の獲物らしいツグミほどの大きさの小鳥の蒸し焼きだ。ようやく起き上がることのできるようになったわたしは、切り株で作った椅子にワマン老人と並んで腰掛け、それを分けあって食べた。老人の歯は数本しか残っていないが、上唇と舌先を器用に使って、小鳥の骨と骨の隙間のわずかな肉をこそぎ取っている。

「いつもカチャがあなたの食べるものを用意してくれるのですね。あなたの妻が死んでだいぶたつのですか」

「そうだな、もう五年になる。あれが死ぬ前はわしも腕の立つ狩人だった。いまは若者たちがわしを養ってくれる。昔はわしが吹き矢を作ってやり、狩りのしかたを教えてやったものだが」老人は壁に立てかけてある背丈よりも長い吹き矢を指さす。「わしの使っていたものだよ。わしが最初に狩人になったときに父親が作ってくれた。いまは使われることはないが、わしが死ぬまであそこにああして置いておくのだ」

「記念の品、というわけですね」

「そうだ。わしが死んだらいっしょに土に埋めることになっている」

「死後の世界でもまた使うことができるように、ですか」

「まあ、そうだ。男の墓には吹き矢を、女の墓には櫛や土器など、やはり身の回りのものを埋める」

「あなたの妻の墓はどこにあるのですか」

「生きていたときに眠っていた場所に。ほれ、おまえが寝ていたその寝台の下だよ」と、まばらな白い髭の生えた顎をしゃくってみせる。

「えっ、家がそのまま墓になるのですか」

「そうだ。わしも死ねば寝台の下に埋められる。そして家も朽ちていく」

彼らにとって生と死の懸隔は地面と寝台をへだてるほんのわずかの距離にすぎない。キリスト教徒たちが天国へといたるには、困難な長い行程をたどらねばならないというのに。

「わたしの連れは言っていましたが……集落の外で死んだ者は、墓に埋められることはなく、そのまま捨てて置かれると。家族にとってはそれでもよいのですか」

「だれでも死んだ場所に葬られる。自分の家で死ぬことができればそれはよいことだ。だが森で死んだ者にとってはそこが墓だ。死んだ者は森に住みつづけてわしらを護ってくれる。そして満月の夜には村に戻ってくるのだ」

アナは言った。生け贄もチチャも供えられなくなったいま、ワカやワリたちはわたしたちをひどく恨んでいて、月夜になると村にこっそりやってきては、畑を枯らしたり、わたしたちを病気にしたりするのだと。彼らは祖先霊たちを見捨てたことによって、森の庇護を失ったのだ。若いころには森をくまなく知り尽くしていたはずのディエゴですら、その報いを受けねばならなかった。

入り口がひらき、暮れ残った灰色の光のなかに、ほっそりした少年と、背は低いががっしりした骨格の男の影が立った。顔が見分けられるまで近づいてくると、若い方はチュキだとわかった。壮年の男はチュキの父親か叔父だろうか。あの日以来チュキに会うのははじめてだった。あらためて顔を見ると、頬骨と顎の線が固く尖っているほかは、鋭角に切れ上がった黒い大きな目も、こころもち上を向いた薄い鼻翼も、カチャとまるでおなじ作りをしている。チュキはわたしと目を合わせると軽くほほえみ、はにかんで目を伏せた。あの日彼は自分よりもずっと大きなわたしを背負って、この集落まで歩いて帰ってくれたのだった。一瞬胸苦しいような強い感情が湧いて、どうかして感謝の気持ちを伝えたいと焦るが、ことばを捜しているうちにチュキはワマン老人のほうに向き直り、改まった口調で「あすの朝、ミタに出ます」と言う。

「そうだったな」老人は視線をゆっくりと上下に動かして孫の姿をなぞった。「おまえもじきに父親になるのだから」

入ってきたときから唇を結んで険しい表情をわたしに向けていた壮年の男は、ふたりの短いやりとりがすむのを待っていたかのように、「ミタが明けたらビラコチャを送り返す」と反駁を許さない口調で言う。

「それがよかろう」ワマン老人はわたしのほうに視線をめぐらせた。「それにしても、おまえが元気になってよかった。わしらはおまえには機嫌よく帰ってもらわねばならないのでな」

「その、ミタが明けるのはいつですか」

「三日のちだ」

これほどすぐ追い返されるとは思っていなかったので、わたしはあわてた。

「帰れ、と言われてもじつは帰り道がわからないのです。ここにも道に迷った末にたどり着いたわけですから」

「ふふん」壮年の男は鼻を鳴らした。「心配することはない、おまえがどのあたりからやって来たのか、ちゃんと見当はついている」

「しかし、ここまで来てすぐ帰るわけにもいかないのです。わたしは……わたしはここに残りたいのですが」

「だめだ。どうせおまえが自分たちのワカを押しつけにやってきたのはわかっている。それがおまえたちの手なのだ。おまえたちをいったん引き入れたがさいご、あとから武器をもった者がおおぜい押し寄せてくるというではないか」男は高い眉骨の下の金壺眼を怒りで光らせた。

「そんなことはありません。わたしを追ってくる者などいません。しばらくここに置いてほしいだけなのです」

そう言いつのったのは、伝道僧としての義務感からではなかった。わたしには戻るべき場所がなかった。もはや伝えるべき神のことばがなかった。いまやすべてはあきらかだった。この地に福音を伝えることなどできはしない。なぜならそこにはすでに神がいたのだから。それもいたるところに。部族ごとの粗略な偶像崇拝や祖霊信仰のさらに背後で、あらゆるものを薄く延ばした黄金の箔で覆うように輝かせている遍在する力、植物の影と光が織りなすヴェールの上に、獣皮に、蝶たちの翅に、女たちの肌に、すべての表面にけっして解読されることのない文字を無限に刻印しつづける働きを神と呼べるとすれば。

「だめだ。ビラコチャは自分たちの仲間がひとりでも欠けると、その仕返しに百人の土地の者を殺すという噂だ。武器をもたない者も、女も子どもさえも」

男にそう言わせるのは、かつて大きな町に住んでいた祖先が受けた仕打ちの記憶なのか、それとも森の奥にまで洩れ伝わってきた風評なのか、いずれにしてもわたしはそのことばを防ぐことのできない礫《つぶて》として受ける。ペルー副王領のなかでも、金や銀をもたないここアマゾナスはなかば忘れられた土地であり、各修道会の布教への熱情も醒めていくいっぽうだった。サンタ・クララ村はいうなれば、満潮時の波が思いがけず遠くにまで達して、それきり引いてしまったあとにできた潮溜まりのようなものであり、澱んだ水にかろうじて生息している生きものたちも、遠からず死に絶えていく運命だった。そのようなサンタ・クララで、しかもわたしは最も無能な修道士だった。だが、たとえそうであったとしても、彼らにとってやはりわたしは、スペイン人の支配する苛酷極まる世界の尖兵にほかならないのだった。自分は神の戦士たりえないことが決定的にあきらかになったいま、彼らの目にそのようにしか映らないというのは、いかにも皮肉なことだった。

「おまえをここにとどめるわけにはいかない。ミタが明ければおまえは仲間のところへ戻らなければならない」男はしばらく黙ってわたしの顔を注視したあと、いくぶんやわらいだ口調で重ねて言った。

「戻ること、そして忘れることだ」黙って小鳥の骨をせせっていたワマン老人が口をはさむ。「わしらはおまえたちと交わらずに生きることを選んだのだ。おまえたちから逃れ、逃れてここまでやってきたのだから」

そう言って、最後に残った小鳥の頭をつまみ、口に入れた。頭蓋骨を噛みつぶすカシャリという乾いた音が響き、老人はゆっくりと顎を動かしながら、なかば目を閉じて味わっている。

薬草が効いたのだろうか、翌朝は足首の腫れも引いて、立って歩けるようになり、畑に行くというカチャについて外に出た。ノルカが小屋の前で待っていた。ねずみの子どもも餌をくれるカチャによくなついて畑までついてくる。家の周囲の木立を通して強い光がきらめいている。林を抜けると視野の下半分を輝く水が埋めた。沼だ。まるい小さな沼を、いくつかの卵形の竹の家屋と畑が取り囲んでいる。畑のわきを細い川が沼に流れこんでいた。わたしとディエゴはいったいあの二日間、どこをどうさまよっていたのか。唯一の道しるべであったはずの川は、わたしたちを奥へ奥へと迷いこませたあげくに姿を消したが、ここでは豊かな水が集落を潤していた。わたしたちを養う血の流れを、皮膚に青く浮き出た部分をたどるだけでは知りえないように、水は地表に見える流れだけでなく、地下に張りめぐらせた無数の網の目によって森を支えているのだった。

カチャたちは畑に生い茂った葉を黒曜石の刀で払い、茎を両手でつかんで左右にふり動かしてユカ芋を引き抜いた。黒い土のなかから楔状にからみあった芋が現れると、腐植土の濃厚な冷やっこい匂いが立ち昇った。わたしは芋の泥を落とすのを手伝った。芋の表面は茶褐色だが、折れた部分から覗く内部は林檎の果肉のように白くみずみずしい。ねずみの子がそれを目ざとく見つけてちょろちょろと走ってくると、人間の幼な子とおなじ形の小さな桃色の手で器用に芋を支えて、うれしそうに齧りはじめる。

「きょうはふだんよりたくさん掘るから、あんたがいてくれて助かるわ」とカチャが言う。

「なぜたくさん掘るの」

「ノルカがお酒を造るの。けさ早く兄さんがミタに出たから」

「そういえば、きのう言っていたな。ミタって、なにをするの」

「三日間森に籠ってひとりで狩りをしたあと、村に戻ってみんなに獲物をふるまうのよ。ミタがすんではじめて男は一人前の狩人になるの」

「そうか。大人になるための儀式なのだね」罠を調べていたときのチュキの真剣なまなざしがよみがえった。「チュキはもうすぐ父親になるんだろう」そう言ってノルカを見やると、彼女は恥ずかしそうに下を向いてしまう。

「三日後が満月で、お祝いをするの。女たちも忙しくなるわ。ごちそうも作らないといけないし」カチャが弾んだ声で言う。

スペイン統治下では、行政官《コレヒドール》によってインディオに強制的に課される賦役のことをミタと呼んでいた。無償奉仕であるうえにきわめて苛酷で、鉱山労働のミタなどでは多くの者が命を落とす。そのためインディオのうちには、ミタに徴用されることを恐れて村を捨て、流浪民に身を落とす者があとを絶たない。だが本来のミタとは、このように共同体とその神に捧げる聖なる労役であったにちがいなかった。

芋をノルカの家に運び終わってから、沼に沿って集落をひとめぐりしてみた。数家族がひっそりと暮らしている、名前すらない小さな集落だった。総勢でも三十人ほどだろうか。これがはたしてディエゴの捜していた集落だったのだろうか。昨夜ワマン老人にディエゴとその妻のことを尋ねてみたが、彼はわからない、と首をふるだけだった。森のなかで孤立して暮らしているとはいえ、同族の集落間で女を交換することはさして珍しくはないらしかった。そもそもディエゴとは洗礼名であり、わたしは彼の生まれもった名を知らない。インディオたちはふつう人前で名を呼びあうことをしないという。名は生まれたときに親に与えられた呪符のようなもので、他人に名を呼ばれることは相手に支配されること、凶《まが》ごとであると信じられているからだ。だが、サンタ・クララのインディオたちはみな洗礼名で呼びあっていた。ペドロ、ホセ、バルトロメ、グスターヴォ、女たちはマリア、アナ、ルシア、テレサ、いずれも聖なる名前だった。彼らにとって洗礼名とはしょせん借り物であり、だからこそ気安い道具として使うことができたのか。

昼間、老人以外の男たちはみな狩りに出、少し大きな子どもたちは沼に魚を取りに行くので、わたしは女たちと過ごした。食事のあと、カチャが他の女たちといっしょに、大きな素焼きの器をいくつも家のなかに運びこんできた。きょうは土器に色を塗って仕上げをするのだという。彼女たちの共同の仕事場にワマン老人の家が選ばれたのは、ふだんからそういう慣わしなのか、それともわたしを監視するため、あるいは観察するためかもしれなかった。直接わたしの相手をするのはほとんどの場合カチャだけで、彼女はいくぶんそのことで得意そうだったが、他の女たちは好奇心のこもった、しかし穏やかさを失ってはいないまなざしを仕事のあいまにわたしに注ぎ、目が合うと心をひらくためというよりも、笑みの向こうにすっと身を退かせるために、優しげな笑顔を向けるのだった。女たちはみな一様に美しかった。カチャはひとりひとりを指さして、そうすることがわたしと秘密を分かちあうことであるかのように目を輝かせながら、小さな声で名前と血縁関係を教えてくれたが、それを聞きつけても彼女を咎める者はだれもいなかった。女たちは男たちとは異なって、わたしのことを共同体に害をもたらす恐れのない、おとなしい大きな動物として遇しているのだった。なんて大きな獲物が罠にかかったこと、これでチュキも一人前の狩人だよ、そう言ってみんなを笑わせたひとりの女のことばが示していたように。

カチャの好意にもかかわらず、一度聞いただけで彼女たちの名前を覚えることはできそうになかった。なぜならノルカとカチャだけでなく、すべての女があまりにも似通っていたから。ふたりの母親世代の女たちでさえ、おなじ腰まで垂れたつややかな黒髪、勁くしなやかな手足、先端の尖った張りつめた乳房をもち、青銅色の肌のかすかなくすみを別にすれば、その娘たちとほとんど見分けがつかなかった。それはむろん彼女らがみな、おなじ一族の血を分かちもっているからだろうし、また異人種の男、それも修道女たちの、ヴェールの蔭で黄ばんだ肌を見慣れてきたわたしという男の、観察眼の貧しさのせいでもあったろう。しかし同時に、個性というものがなんの意味ももたないこの世界において、女たちとは蝶がそうでありジャガーがそうであるように、ただひとりの女、女という種の無限の変奏であり、男を受け入れ、子を産み、なめらかな褐色の乳首を吸わせ、そして日々の労働をこなしていくという機能そのものにほかならないのだった。

　サンタ・クララでもインディオたちの手先の器用さはしばしばわたしを驚かせたものだが、ここではさらに、一切の文明の道具を用いることなく、女たちはさまざまの形や大きさの土器をみごとに仕上げていくのだった。ろくろを使わず、指と手のひらだけでならした平たい大皿や半球形の丸鉢の表面に、アチョーテの実の赤や、茜の実の青の染料をまぶした鳥の羽で、ジャガーの斑点や蛇の鎖形模様とおなじ美しい幾何学模様を絵付けし、内側には水を漏らさないために白いゴムの樹液を塗る。

　そして土器が石積みの即席の竈で焼き上がるのを待つあいだ、彼女たちはおなじ注意深さと熱意をもって身づくろいをし、使い残した染料でたがいの肌に模様を描きあうのだった。繊細な倦むことを知らぬいくつもの手を、豹や昆虫や魚の肌に模様を描いた見えない手と重ねあわせるようにして。あたかも彼女たちの肌が、指の腹でこすられすべらかにされた土の器とおなじ肌理《きめ》をもち、そこを満たしているのが彼女たちの造る泡立つ酒とおなじ液体であり、あらゆる水という水が繋がっているのとおなじ理《ことわり》によって、彼女たちの肉体と世界はただひとつの素材の等質の延長であるかのように。大地にとっては彼女たちの生そのものが、植物の終わることのない循環における、花の咲き匂い、つづいて甘い果実のたわわに実る、あの幸福な季節の体現にほかならない。

そして彼女たちの髪、水に浸され、入念にくしけずられ、腰までまっすぐに垂らされた黒い髪の比類のない美しさ。輝く重い束、その黒さはあらゆる色彩の凝縮された黒であり、一本一本に収まりきらない色がかすかな虹となって周囲にまといついている。鉱石に、蔓草に、瀑布に、蛇に、研ぎたての刃に似た髪。

チュキの戻ってくる日、祝宴はワマン老人の家でひらかれるため、カチャは朝から忙しく立ち働いている。

「きのうは雨だったし、狩りはできなかったかもしれない」椰子の葉の箒で丹念に床を掃き清めていた手を止めて、ひとりごとのようにつぶやく。

「もしも獲物が全然取れなかったらどうするんだ」

「それはだいじょうぶ。兄さんに恥をかかせないために、おじさんたちがこっそり贈り物を届けているはずだから」

「料理はどうするの。三日も火を通さないと肉は腐ってしまうだろう」

「ミタには母さんがいっしょに行っているわ。兄さんが狩りをしているあいだ、母さんが火を起こして料理の用意をするの」

「そう、ひとりきりで行くものと思っていた」

「ミタは母親が息子にしてやる最後の仕事だ、と母さんは言っていたわ。男たちはそれでひとり立ちするのだと」

家の外で子どもたちの歓声がする。一番背の高い子が頭の上に大きな亀を乗せ、ティトゥたち小さな子どもを周囲にまとわりつかせながら得意げにやってくるのが見える。沼に仕掛けていた網にかかったらしい。

「あんなに大きなのは珍しいわ。きのうの雨で川から流れてきたのかもしれない」カチャは嬉しそうに言い、壁に立てかけてあった石の鉈を手に取って外に出ていく。

彼女は正確な一撃で亀の首を落とし、盛り上がった甲羅と肉の隙間に黒曜石のナイフを差しこんで、手ぎわよく解体していく。甲羅をはずすと深鉢に寸分の隙もなく詰めあわせた料理のような複雑な内部が現れる。血に沈んだ暗赤色の肉と朱鷺色のつややかな脂肪、白くうねる腸が青黒い縁から盛り上がり、それらを取り巻くように金色の卵がずっしりと並んでいる。それはあたかも肉でできた黄道十二宮の運行模型さながらであり、甲羅の下に凝縮されたこの宇宙のミニアチュアにわたしはしばし見とれる。だがカチャはためらうことなく中央にナイフを突き立て、卵を包んでいる真珠母色の透明な袋をずるりと剝ぎ取ると、指先でしごきながら、用意したまるい器のなかにひとつずつ、いくつものやわらかな太陽を産み落とさせていく。

夕闇が迫るころ、チュキとその母親は重い荷を背負って部落に帰ってきた。

わたしは終始傍観者でありながらも、不思議な幸福感に包まれて祝宴に連なっていた。新しい狩人の誕生を祝うために、女たちばかりでなく男たちや子どもまでも、木の実を彩色した首飾りをつけ、アチョーテの汁で顔を赤く染めた正装だった。床の中央にビハオの葉を敷きつめ、そこにチュキの狩りの成果——数羽の鳥、大ねずみ、クイと呼ばれる天竺ねずみの肉、それらの内臓を葉に包んで蒸したもの——が披露され、傍らにカチャのこしらえた亀のシチュー、他の狩人たちからの贈り物の肉などが並び、周囲をあぐらをかいた男たちと、子どもを従えた女たちが二重三重にぐるりと取り囲む。最初にワマン老人が祖先霊と森のワカに感謝を捧げ、つぎに主人役であるチュキが客人たちをもてなす口上を述べると、ノルカが酒の入った大鉢をチュキの前に捧げもってくる。蒸したユカ芋を噛みつぶして、唾液とよく混ぜあわせてから吐き出し、それに雨水を加えて発酵させた酒だ。彼女の歩みにつれて、こんもりと厚く盛り上がった黄白色の泡がふるえわななく。チュキは器を両手で抱えると、縁に口をつけて軽く泡を吹いてからひと口飲み、隣りの男に手渡す。こうして泡立ち揺れる乳色の液体は人々のあいだをひとめぐりして、ふたたびチュキのもとに戻ってくる。

最初わたしはその輪の外にいたのだが、チュキは席を立つとわたしのところに酒をもってくる。居ずまいを正して正面に坐り、「客人、わたしの妻の造った酒を飲んでください」と言う。あどけない顔立ちはそのままでも、いくぶん頬がこけたように見え、少年らしいはにかみは消えて、妻と変わらぬ若さと美しさを備えた母親に、たったいま森の奥でふたたび産み直してもらったばかりの精悍な若者となって、わたしをまっすぐに見る。彼らが獲物にとどめを刺すときに用いる黒曜石とおなじ色、おなじ硬質の輝きをたたえた目だ。

わたしはその目を見返してうなずくだけで、なにも言うことができない。わたしを捕え、ついで救ったこの青年が、わたしに絶対的な力をもっているとでもいうように。わたしはチュキから鉢を受け取り、立ち昇る甘酸っぱい匂いに顔を沈め、泡の層に鼻孔を塞がれながら、大地の分泌物のようななまぬるい液体をゆっくりと飲み下す。

そこには邪教の秘儀めいたいかがわしさも、また狂騒や陶酔もなかった。むしろ静かな満ち足りた会食であって、酒の鉢は手から手へといくども円を描きながらめぐっては注ぎ足され、子どもたちはひたすら食べ、まだ噛むことのできないおさな子たちは母親の膝に抱かれて乳を飲み、さらにあの大ねずみの子や、他の子どもたちが連れてきた何匹かの、いずれも大人になりきらないうちに罠にかかった小さな獣たちも、芋や肉の分け前をもらい、それぞれ両手に捧げもって一心に齧っている。やがてあらかた食べ物も尽きてくると、男たちのひとりが小さな声で歌いはじめる。どのくらい前から彼が歌っていたのか思い出せないほどに、その響きは宴の穏やかなざわめきにいつのまにか忍び入っていたのであり、男は膝を抱きなかば目を閉じ口さえもほとんどひらいていないので、歌っているというよりも身体を前後に軽く揺すりながら眠っているように見え、声は豊かに広がることなく細く続いて単調な旋律を繰り返し、それに唱和して、というよりもその声にぴったりと重なるようにしていまひとつの声が加わり、いつしか居並ぶ大人たちのだれもかれもが歌いはじめる。いっぽうで笛を吹きはじめる者もいて、いく本かの長さのちがう細い竹を並べた葦笛のような笛から、細い、歌声によく似た、だがより表情に富んだつややかな音色が流れ、歌声に追いすがり、併走し、ひとつになり、ふるえながら離れてはふたたびまといつく。そのあいだも酒は新しく鉢に満たされては干されていき、人々はめぐってきた鉢を傾けて喉を潤すあいだだけ歌ったり吹いたりするのをやめ、そしてまた単調な音の流れへと戻っていく。夜が更けても月の光の射しこむ家のなかはほのかに明るい。

すっかり酔っ払って客たちが帰っていったあと、寝台で鼾をかいているワマン老人を残してわたしが外に出ていったのは、やはりその明るさに誘われてのことだった。外はさまざまのものの気配に満ち、わたしはひとりではなかった。家々の竹壁の隙間から洩れてくる恋人たちの悩ましい声や、深夜になると活発になる小さな家畜たちのせわしない音ばかりではなく、大気そのものが無数の青白い影でかすかにざわめいていた。ざわめきはわたしが家々から離れ、梢の上方にちらちらと見え隠れする月を追って、沼へと抜ける木立のなかを歩んでいくあいだにいっそう強まり、闇に沈むこまかな葉や蔓の陰翳の奥から、影たちは吐息のようにつぎつぎに湧き出てくるのだった。森の死者たちが満月の夜に村に帰ってくるというのが本当なら、最も新しい死者であるディエゴもいまこのなかに混じっているにちがいない、そのように考えることでわたしはひどく慰められた。人間も獣も樹木でさえもなにひとつとして堅固な形をとどめえない、死と腐敗と生成のめまぐるしい無限の反復でしかなかったこの世界が、いまふいにもうひとつの貌《かお》をわたしの前に開示しているのだった。つまり、死者たちは消滅してしまうのではなく、重さと不透明さを失うだけで、生きていたときとおなじ姿のまま、静謐で調和に満ちた共同体を営んでいるのだ。長い年月のうちに彼らは際限なく増えつづけるが、かつてセヴィーリャで目にした支那の繊細な切り紙細工のように、いくら重ねられても緻密さを増すばかりで、生者たちの空間を圧迫することはない。そして夜のなかに出現したもうひとつの青白い昼であるこのような満月の夜には、ふたつの世界を隔てていた境界が取り払われ、両者は親しく交わることができるのだ。

　光に誘われて沼に向かって歩いていくうち、いつのまにかひとつの濃い影がわたしの傍らに寄り添っているのに気づき、それがカチャであることをわたしはふり返る前から知っていた。昼間よりもいくぶん重みと輪郭を失い、より慎ましやかに、より青ざめて見え、足音さえたてずにすべるように動いていたが、それはやはりカチャであり、彼女のあたたかい息づかいが波のようにこちらに寄せてきた。彼女があたかもわたし自身の影のようにつき従っていることが、わたしを強い幸福感で満たした。わたしたちは沼のほとりに並んで立ち、白くふるえるもうひとつの月が水面に浮かんでいるのを見た。

「鏡《ルナ》／月……」わたしは思わず声に出してつぶやいた。

「ルナ、ルナってなに？」カチャが問いかける。家を出てからカチャが声を発するのははじめてだった。その声を聞いてわたしのなかで幸福な均衡は破れ、若い女と夜ふたりでいるという事実が、手を伸ばせばすぐのところにある生身の肉の重さと、その野生の匂いとともに迫ってきた。彼女のほうをふり向くと、闇を透かせてふたつの目が青く光っている。

「姿を映す道具だよ。……ほら、あそこで水に映っている、あれもルナ」わたしはぎこちなく答えた。「そうか、君たちは鏡をもたないのだね。わたしの生まれた国ではそれを家の壁に掛けたり、もち歩いたりするのだ。化粧するときや、自分がいまどのような姿をしているか知りたいときのために」

「そう、ビラコチャの女たちが使うものなのね」カチャはつぶやく。

君には必要がない、君は鏡をもつ必要がない。鏡を必要とするのは自らがなにものであるかを知らない者たちであり、君はそうではない。ここにあるすべてのものは君を映しているのだし、君たちは化粧をするときも、肌をなめしてそこに模様を描くときも、また髪に椰子油をつけて揉み、輝く滝のように背中に垂らすときも、君とおなじ姿をした複数の女たちの、君とおなじ優しさと巧みさを備えた手がそうしてくれるのだし、君も相手におなじことを返し、女たちの手から手へ、指から指へとおなじしぐさ、濡らし、なめし、描くしぐさが、音符がつぎの音符につながるように、波がつぎの波へと溶けてまた生まれるように、蛇の背を鎖形模様が反復しつつ連なるように渡っていくのであり、それはやむことがない。君たちはわたしの祖国の女たちのように、こっそりと鏡を覗いて紅を引き白粉をはたくような卑しい真似をしたりはしない。自分の欲望を映し出して見るために、男たちの暗いまなざしに身を差し出すこともない。君たちは名指されて愛を告白される必要さえないのだ。名前をもたない花もやはり美しいことには変わりがないように。

旧約の神は淫蕩な女たちを容赦なく裁く。すべての淫婦は着物を剝ぎ取られ、石と剣と火によって滅ぼされる。だがいまわたしの傍らで静かに呼吸しているこの少女を裁くことはだれにもできない。なぜなら彼女はいかなる罪によっても穢れてはいないのだから。

しなやかな肉体がわたしの手のなかに落ちてくる。熟れた果実が地面に落ちるように、みごとに実った柘榴が内部から弾けるように、とどめるすべのないこととして。その重みに耐えかねてわたしは地面に倒れ、あたたかく湿った草の上で不器用にもがいた。そのときわたしが恐れたのは、あれほどまでに自分を苦しめてきた肉欲、聖フランシスコをして茨に身を転がし、裂けた皮膚から滴る血でいくつもの薔薇をひらかしめる奇蹟によってのみ鎮めえたというあの執拗な魔物が、わたしを一匹の醜い獣へと変容させてしまうことだった。だがそれは杞憂に終わり、意識は不思議に澄んだままだった。それは罪を前にしたおののきのためというよりも、人が夢のなかへ、あるいは死のなかへとすべりこんでいくちょうど境目で陥る、一種感覚を遮断された状態というべきだったのかもしれない。そのあいだに彼女は獣の皮を剝ぎ、亀の甲羅を剝ぐのとおなじ巧みな手つきでわたしの僧衣を剝ぎ取っていった。人前に姿をさらすときにはつねにわたしの貧しい肉体を覆っていた衣が、そして清貧、純潔、服従を約した三つの結び目を結んだ帯紐が地面にすべり落ちていく乾いた音を、わたしは静かに驚きながら、あらがいがたい定めのように聞いた。わたしの肌は幹を割られてはじめて外気に触れた幼虫のように一瞬ふるえわななないたが、すぐに彼女の指はそれを鎮め、触れうるすべての表面を愛撫しはじめる。やがて矛盾するふたつの動き、溶け崩れていくと同時に激しく形をなしていく動きがわたしのうちに生じ、そのせめぎあいに耐えきれなくなったとき、わたしは目を閉じ、蜂蜜と濃い乳の匂いのする彼女の口を味わった。ふたたび目をひらくと、月の光を浴びてわたしの下でほの白く撓んでいる身体が、大地の割れ目からのぞくやわらかな肉そのものに見え、わたしはそのなかに深々と身を沈め、刺すような熱さにわれを忘れた。

精霊たちのざわめきは止んで、あたりは静かだった。からみあったままでいつのまにか岸の斜面をすべり落ちていたらしく、すぐそばに水の寄せてくる気配があり、水中で腐敗していく植物の冷たい匂いが鼻孔を満たした。カチャはわたしの傍らに横たわってなかばまどろんでいた。いましがた無上のやわらかさでわたしにひらかれたものとおなじ肉とは思われない、なめらかに固く閉ざされた彼女の皮膚の、肩から腹にかけての美しい曲線をわたしは讃嘆しつつ見た。貪ってしまうことへの恐れから、いまいちど手で触れることはためらわれた。肌に描かれた模様は影に溶けこんでほとんど見えなかった。水面でさざめいている光の反映だけが肌の上にうっすらと銀色に耀《かがよ》っているのを、わたしは飽くことなく見つめつづけた。

脇腹に泥がこびりついていた。指先でそっと拭い取ってやると、カチャはぴくりと身をふるわせて目をひらいた。ふいを突かれた表情が、一瞬彼女をひどく幼く見せた。彼女はすぐにわたしの胸に身を寄せ、その印象を裏切る熟練した手の動きで、ただし先ほどよりもはるかにゆるやかにわたしを愛撫しはじめる。わたしの呼吸がふたたび喘ぎに変わりかけたころ、彼女はふと手を止めて、生真面目なようすでわたしの顔を覗きこんだ。

「あんたは帰りたいの、ほかのビラコチャたちのところへ」

「いいや」わたしはあわててかぶりを振った。「わたしには帰るところがない。それに……できることなら君のそばにいたいと思っている」

「あんたはもうわたしの男なんだから」カチャは重々しい口調で言い渡した。「だれもあんたを無理に追い返そうとはしないわ。あんたはいたいだけここにいていいのよ」

それから、彼女はあの鈴のような笑い声を短くたてて、わたしの手を取って立ち上がらせた。「あんたは泳げる？　ルナのところまで泳いでいきたいの」

わたしたちは葦を踏みしだいて水辺に降り、冷たい、かすかに粘性を帯びた水に火照った身体を浸した。水藻のぬめぬめした感触が足に吸いつき、一瞬沼の底に引きずりこまれていくような錯覚に陥った。カチャは水辺に棲む獣のように、顎をわずかに上げて水面すれすれをすべるように泳ぎはじめ、わたしは遅れまいと大きな水しぶきを上げてあとを追った。わたしは沼の中央あたりでとうとう彼女を追い越したが、ルナを彼女のために取ってやることはできなかった。それはふるえながら先へ先へと逃れていくばかりであり、手が届いたと思った瞬間には跡かたもなく砕け去って、こまかな光の破片のめくるめく渦のなかへとたちまちわたしたちを包みこんでしまった。

だれよりもまず、ディエゴに赦しを請わねばならない。わたしは間接的に彼を死にいたらしめたばかりでなく、彼の妻と娘の墓を守るという最後の約束も果たせずに終わるだろう。いつかサンタ・クララに戻ったとして、そしていぜん教会が存続していたとして、破戒僧となったわたしが受け入れられるはずはない。彼が生前最も大切にしていたカヌー、ほんの十日ほど前に彼の手によって丹念に葉や枝で隠されたあのカヌーが、だれの目にも触れることなくそのまま朽ちていくことをわたしは望む。彼の魂が森や川を自在にさすらうときに、それがふたたび彼の役に立つことができるように。

ついでロドリゴ師にも赦しを請わねばならない。わたしを愛し、導こうとした彼をこのような形で裏切ることを。老いたる神の戦士の夢を夢のままに永らえさせるために、わたしの失踪が殉教の名によって飾られねばならないとすれば、わたしはそれを甘んじて受けるだろう。そして願わくはサンタ・クララのインディオたちが、祖先から脈々と受け継いだ魂と齟齬をきたすことのない、あらたな信仰の形を創出することによって、真に救われる日の来たらんことを。

最後に、主よ、赦したまえ。わたしが信仰を失っていくことを。そしてまた、この先わたしのうちですべてが忘却の淵に沈んでいくとき、おそらくは愛を謳った雅歌の数節のみが、あなたを偲ぶよすがとして残るであろうことを。

我ガ妹、花嫁ハ
閉ザサレタ園、封ジラレタ泉
ホトリニハ見事ナ実ヲ結ブ柘榴ノ森
甘松《ナルド》ヤコフェルノ花房
甘松ヤサフラン、菖蒲や肉桂《シナモン》
乳香ノ木、没薬《ミルラ》ヤアロエ

種々ノ、エモ言エヌ香リ草
園ノ泉ハ命ノ水ヲ汲ム処
レバノンノ山カラ流レ来ル水ヲ

参照および引用（ただし適宜省略、変更を加えている）文献

『聖書　新共同訳―旧約聖書続編つき』日本聖書協会　一九八七年
ラス・カサス著、染田秀藤訳『インディアスの破壊についての簡潔な報告』岩波文庫　一九七六年
掘勝彦『アマゾン―奥地の自然と人』信濃毎日新聞社　一九八〇年
染田秀藤著『ラス・カサス伝』岩波書店　一九九〇年
グスタボ・グティエレス著、染田秀藤訳『神か黄金か』岩波書店　一九九一年
ロナルド・ライト著、香山千加子訳『奪われた大陸』NTT出版　一九九三年
斎藤晃著『魂の征服―アンデスにおける改宗の政治学』平凡社　一九九三年（インディオの娘の死に関するエピソードは、この本に取り上げられた実際の事件に想を得ている）
NHKテレビ「地球に乾杯　吹き矢と生きる―アマゾン源流、知られざる民族」二〇〇一年

あとがき

セミが殻から抜け出たり、青虫がサナギになったり、サナギが蝶になったりする、いわゆるメタモルフォーズに子供のころからずっと取り憑かれています。たぶん女が妊娠したり、出産したり、赤ん坊がこの世に生まれてきたりするのも、メタモルフォーズの一種なのでしょう。それらはほんの一瞬の出来事のこともあれば、ゆるやかな持続のうちに進行する場合もありますが、いずれにしても個体にとってはいちばん脆くて危険なときであり、外から見る者にとってもある種の恐怖や危機感を抱かせずにはいない、そしてまたいちばんセクシーな状態なのだと思います。

セミは脱皮すればもう幼虫に戻れないし、人間もいくら望んでも母親の胎内に帰ることはできません。でもわたしたちはふとした拍子に日常から非日常へとすべりこんでいき、軽いめまいの感覚とともにそこからまた日常へと復帰していきます。夢の断片のようなささやかな経験であったり、あるいは死と隣り合わせの深刻なものだったり、それらを文字として定着しようと試みることが、いつもわたしの出発点にあります。ここに収録した三作品とも、不妊治療に飛行機事故、果ては一七世紀のアマゾン布教と、一見とんでもなくばらばらなテーマですが、一貫して描きたかったのは、日常の小さな裂け目からくるりと裏返ってしまうメタモルフォーズの感覚でした。それは自分とまったくちがうものになってしまう変身願望であると同時に、自他の差異を消し去って他なるものにつながっていきたいという激しい欲望でもあります。「ダフネー」で女が同化したいと望んだ植物は、「鏡の森」では繁茂の果てに密林になり、かぎりなく奥へ奥へと入り組んで、光と影の織りなす模様がジャガーや蛇に変容します。

三篇はいずれも二〇〇一年から二〇〇二年にかけて雑誌『文学界』に掲載されたものです。「光への供物」は第一二五回、「鏡の森」は第一二八回芥川賞候補になりました。いずれも受賞にはいたりませんでしたが。今回本にまとめるにあたって、全体を見直してかなり手を入れました。

時間をおいて読み返すと、表現や思考の稚拙さが目について、恥ずかしさにキャッと叫びたくなったりもするのですが、創作過程をたどりなおしつつ当時の熱気を再体験するのは、思っていた以上に楽しい作業でした。よく言われるように、ノリつつ醒める、醒めつつノル、ということがすべての創作やパフォーマンスには必要なのでしょうが、わたしの場合は時間の経過が推敲にさいしてよい作用をもたらしてくれたのではないか、と思っています。

今回本にまとめるよう励ましてくれた家族、そしてわたしの気持ちに答えて真摯に本作りをしてくださった星湖舎の金井一弘さん、河村俊彦さん、作品に共感してすばらしい装丁をしてくださった藤原日登美さんに、この場を借りて心からの感謝をささげます。

和田ゆりえ

初出

「ダフネー」　文學界　二〇〇二年三月号
「光への供物」　文學界　二〇〇一年四月号
「鏡の森」　文學界　二〇〇二年十二月号

著者略歴：1958年京都市生まれ。北海道大学文学部卒業。関西大学大学院文学研究科博士課程修了。現在、関西大学、同志社大学嘱託講師（フランス語）。
著作／『幻想水族館』萌書房　2006年 ほか
翻訳（共訳）／ヤニク・リーパ『女性と狂気―十九世紀フランスの逸脱者たち』平凡社、1993年、ディディ＝ユベルマン『ヒステリーの発明―シャルコーとサルペトリエール写真図像集』みすず書房、2014年 ほか

ダフネー

2015年12月7日　初版第1刷発行

著　者　和田ゆりえ
発行者　金井一弘
発行所　株式会社　星湖舎
〒543-0002
大阪市天王寺区上汐 3-6-14-303
電話　06-6777-3410　FAX 06-6772-2392
装　丁　藤原日登美
DTP　河村俊彦
印刷・製本　株式会社 国際印刷出版研究所

printed in japan　ISBN978-4-86372-073-2